U0692496

淡淡定，有钱剩

——香港古话

我们香港的蜗居、蚁族、富二代

同胞，请淡定

Tongbao，Qing Danding

许骥 著

ZHEJIANG UNIVERSITY PRESS
浙江大学出版社

Tongbao , Qing
Danding

CONTENTS 目录

Tongbao , Qing
Danding

序　怎样做个城市人？

潘国灵*

　　年轻作者许骥出新书,邀我写序,还提议了一个题目给我:"怎样做个城市人?";我没多想便答允了。没多想是指题目,以为胸有成竹,怎说都是彻彻底底的城市人,可一旦开笔,却发觉茫无头绪。茫无头绪是因为,尽管我每天在城市呼吸,却鲜有把"怎样做个城市人"当作一个问题来思考的。或许,已经置身其中,就不会再想"怎样成为"。你已经被"抛掷"进了城市,从开眼之日,城市就是你的摇篮,你的底色,你的背景音乐,你的日常生活世界。如水之于鱼,鱼还会"想"它应该怎样游泳吗?

　　但想想又不尽然。不单是说许多人仍生活于农村,或经历着从农村向城市转型的过程(这不是我所熟悉的),而是,即便是一些已然生

---

* 潘国灵,香港小说作家、文化评论人,为多份刊物撰写专栏,并为香港中文大学、浸会大学兼任本科及硕士课程讲师。著有小说集《亲密距离》、《失落园》、《病忘书》、《伤城记》,城市论集《第三个纽约》、《城市学2》、《城市学》,文集《爱琉璃》、《你看我看你》,及主编《银河映像,难以想象》、《王家卫的电影世界》等。

活于城市环境中的人,也未必就具备所谓城市人的精神特质。没错,环境影响心性,但两者常常是脱轨的,尤其于中国内地,硬件建设大跃进往往不成问题,城市的"基建"全有了,但所谓"城市人的特质",常常好像还不搭配。由是观之,"怎样做个城市人"这一问题,就不仅只对于"介乎"、准备跨越门槛的人有意义;对于已然生活于城市的人,也许亦是值得思考的。何况城市恒常于变化之中。

"怎样做个城市人"至此稍稍转向,成了"什么是城市人特质"这问题。但进一步诠释前,我感到还有必要多加一个说明。当我们说类似"怎样做个读书人"时,我们说的大概是"读书人"或阅读的美好特质,但"城市人的特质"不然,有些当可看作"正面"(如文明人的素质、现代化的便捷等),其中也包括一些你不可简单定夺为好坏,超出好坏,或好坏并存,只能当作内涵气质来描述的东西。换言之,这不是,或起码不全然是一个"提升"、"变好"(或反之的"堕落"、"变差")的问题。如果真有所谓由"非城市人"变成"城市人"这回事[如佐拉1883年的 *Au Bonheur des Dames*(中译《妇女乐园》),写一个从乡间来到巴黎、年方二十的女子,经历现代百货公司洗礼而成为"城市人"],与其说是"进步",不如说是"转化"。城市人是一种现代变种。

如是者我进入城市人特质的思考。都说我们总是以差异来定义事物,那城市之于农村、乡镇,又有什么最基本的分别?社会学家朱克英(Sharon Zukin)对城市有一个颇一语中的定义:"城市就是一个陌生人(stranger)可能在此相遇的居民聚居地。"如果农村、乡镇的人际关系是建基于宗亲、邻里、互相认识紧密相连的网络(如今在一些欧洲小镇电影中仍可看到的),城市生活中占主导地位的,却是"陌生人"。于大城市生活,陌生人的角色甚至比亲朋戚友重要。但如果纯粹互为陌生,关系并不微妙,耐人寻味的是,我们也把陌生人拉进自己想象的帷幕,同时又成为别人生活舞台的匿名演员,在地铁中,在街道上,在旅馆里,于虚拟的书面和微博;所有的戏码都是临时戏码,所有陌生人的相遇都是一次"错遇",没有过去没有将来,场景置换,戏台随即瓦解。甚至我们曾经以为比较"恒久"的友侪、情侣关系里,也标示了晚期资本主义浪漫诗人波德莱尔的"现代性"警语: transitory(过渡的),fugitive(逃逸的),contingent(偶然的)。城市人的"匿名性"造成现代人的疏离感,但吊诡的是,我们又同时受其荫庇;我们渴求表演,同时极爱隐匿。"没有纽带的人"(Man Without Bonds),当代杰出的哲学家鲍曼(Zygmunt Bauman)如是说,这是一种难得的轻省,同时又给予现代人无比的怅惘。城市人如果有一个"套餐",其中的特质是"悖论"式的——你不能只爱亲密不要疏离(或反之),只要安定不要流动(或反之),只要陌生不要交往(或反之)。不,不可以,你要照单全收。从今天起,面对现实,抛开上几代人教你的"安身立命"、"脚踏实地"、"民族扎根"之类(你可能老早已不相信),改以矛盾综合语(oxymoron)来感思生活,如"皈依是在路上"、"流动的居所"、

"亲密的距离"、"陌生人的剧场"等，吊诡更接收现代城市的生存情状。如果不因此落入迟疑不定，或者偶尔可于持续的摆荡中提取生之力量。

由是我们又可回头说说城市的"物质性"。城市作为城市，当然有一些不可或缺的物质基础，诸如鹅卵石、街灯、喷泉(今时今日当是音乐喷泉了)、广场(今时今日当是"时代广场"了)、步行街、摩天大楼、LED灯、钢铁、玻璃橱窗、地铁、高铁、国际机场(有些几个城市共享一个)；古城有城门，教堂城(cathedral city)有教堂，大学城有大学，等等。中国内地一、二线城市，这方面真是几年一个大跃进。但城市发展到今天，我们又知道，所谓"物质"又是非常"符号性"的。后现代城市，最大的物质生产就是"符号"本身——诸如无数的品牌(brand)、形象(image)、品味(taste)、生活格调(lifestyle)、城市名目等，以此来维系着一个景观化、节庆化的消费主义社会。城市人于此真的成为"最高档"的变种生物——因为最高档的"物质"就是符号本身；只有人类，才可将符号把玩得如此天衣无缝，以此来推动城市人那缺乏(lack)与欲望(desire)互相依存、亢奋与疲惫共生如老鼠滑轮般的循环机制。

于此，情况也变得混杂、暧昧、吊诡起来。我们不能返回、再认同简单把城市看作毒瘤的"反城市主义"(anti-urbanism)，以至法兰克福学派把商品看作"虚假需要"(false need)的判词；但你要我无限拥抱"城市,让生活更美好"这种盲乐观口号又是没有可能的(唯有把它置换为"让城市生活更美好"方可接受——仅当作一种期许。城市人本性跟周遭物事保持距离,包括一句简单的官方语)。情况错综复杂多了,因为我们有距离地批判的消费主义、符号经济,同时也是替城市人生产源源不绝的愉悦、快感、意义之场域。对此我们并非全然无知,尽管未必可说出所以然来。问题是我们已走入了一个"No-Exit"的世界——你即使尽量过"简仆"生活,也不可能脱离消费社会的城市"母体"(matrix)——因为所有的城市互动、自我表现以至身份认同,都不可能拐过符号之网而另起灶炉。身在城市,没有场外,所有批判都成了同谋式批判(complicitous critique)。我并没说因此尽皆虚无。刚刚骂了连锁店一通,经过星巴克时又买了一杯拿铁,我分裂但我不虚伪,你不能怪我。

如是者说着说着也可串上许骥这书的核心。许骥这书之特别,是不止访问了十位香港文化人,还替他们各自配对了一个议题,计有"蚁族"、"粉丝"、"蜗居"、"考研"、"富二代"、"剩男剩女"、"拆迁"、"创业"、"微博"等。年轻的许骥热血方刚,他关心社会问题,企图以香港的城市化经验,向香港有识之士取经,来给内地城市正在发生的奇难杂症把脉断症,这份期许与心意,从《同胞,请淡定》这书名可以得知。他当然也明白即便是香港曾经历过的问题,时空不同,历史轨迹有别,问题也就完全不同了。一如理想主义的失落,香港兴许也没啥理想，但跟内地的变化又自不同。又如"反城市心态"，香港早年亦曾出现，但跟内地几十年间由大规模"反城市"，一下子变成全面拥抱城市的一百八十度转向，不可同日而语。也有人说中国短短几十年经历了外国的几百年，没完全现代化便径直走入后现代了。如此看来，经验的借鉴不仅是前行后发的次第问题，还是时空压缩、转换而生出无限扭曲变形之事。中国城市是世界突异的变种，想来置身其中的城市人也无可幸免。而且，单看以上议题名字，一如在香港大行其道的"80后"，不少都是肇出内地，自北而来的。说以香港经验来让内地同胞少安毋躁，其实这书所言，也值得香港人"淡定"一番。

观照城市的眼光有很多，许骥显然是带着强烈问题意识来关切内地城市发展的。有趣在访谈之中，被访者不时会把先设的"社会问题"（social problem）转化、有距离地审视，譬如"蚁族"不是问题而可能是一种现象，"富二代"不是问题而可能是一种标签，粉丝本质其实是媒体操弄问题，等等。如是者，在容许不同观点交锋、转换或回返话题、边说边探讨，提出观点但不一定作结论的开放对话中，我们看到议题的多面性或多层次。同一个被热话的议题，可能是社会问题，可能是新现象，可能是伪概念，可能是固有事物的新命名，可能是媒体生产的消费符号。我不是说所有东西混同为一而再无社会问题需要正视，而是，情况往往比想象中更纠缠不清，即便是一些明显的社会问题，知识分子认为理应解决，落入市场机制却可能是不可多得的

"资本"。究其实，我们的城市，根本就是需要以压力、焦虑、问题来运作的，越是"城市"越精于此道。去到一个极端，甚至可以说，问题是有待制造多于有待解决的。城市表面常常摆出化解问题之姿，但与此同时催生了各种城市需要 (诸多心灵治疗师、life coach、社会专家等)。另方面，一个被热议的题目是不是问题，往往也去到没有"本然"可溯的地步：第二轮的媒体再现僭越界线成为真实本身——如布什亚说到的先有药才有病 (现代精神科药物不少如此) ; 同理，如果媒体说"剩男剩女"有病，在大众接收中卷起这病感风暴效应，那它就是病了。不同市场力量自会参与其中，一边提出解决之道一边延续生病的周期，直至它降温而由其他状若现象/问题/标签的东西取代。生生不息，连病痛也是生机，这也是城市人的精神特质之一。

　　是为序。祝许骥此书成功。

2011年8月8日于清水湾

自　序

　　2005 年,我放弃在香港的学业,来到杭州读书。我大学的四年光阴,是目睹内地社会巨变的光阴。初来杭州时,我真是爱极了这里,立志要在这里定居。可是,当我毕业时,杭州的房价已经涨到几乎可以和香港比肩的程度;而在杭州工作的收入,却远远低于香港。加之对内地的升学、就业、文化、舆论、人际关系等方面的考虑和担忧,令我不得不重新思考要不要留在内地这个问题。

　　不仅是我有这样的困扰,我的同学、朋友同样如此:忍受蜗居、蚁族、考研等种种的压力,抗争、忍受,生活、奋斗。我的一个同学,在毕业后不到一年时间就意外身亡了——他是蚁族,住在农民房里,因劣质的电热水器漏电触电身亡。一想到身边不知道还有多少和我一样的同胞,如此华丽的年龄,如此弱小的肩膀,却要扛起如此沉重的担子,我真是欲哭无泪,觉得一定要做点什么。

　　2009 年末的一天,我和周为筠兄闲聊时,不知怎么说起这样一句话:"我们现在所经历的,香港早已经历过。"由此,我便产生了一个想法,写一本让香港人作为"过来人",给大陆同胞提供一些经验的书。

　　香港在文化上的地位，实在太为人所忽略了。谈起文化，人们往往只知有大陆和台湾，香港则是姥姥不疼舅舅不爱，十分尴尬。但实际上，绝对不能轻视香港。王德威、陈平原、许子东三位教授合编的文学论文集《一九四九以后》中说：1949 年以后的中国文学三江分流，大陆一支、台湾一支，其中的交汇点，就是香港。文学上如此，文化上更是如此。香港以其包容、开放的精神，成为必不可少的"文化要塞"。在诸多描写香港的文字中，龙应台教授的视角颇为独特。她赞美香港人面对所有事物，从来不会一拥而上：

　　　　香港却一直是一个分众社会，由无数个小圈圈组成，圈圈之间相当疏离。以英语思考的精英和大陆来的中国知识分子之间，有两套截然不同的话语。知识精英和街市里买菜卖菜的湾仔小市民之间，好像互不相干。湾仔的小市民和深水埗的大陆新移民之间，俨然又是两个世界。商人主宰着社会政策，却又和所谓社会有深深的鸿沟。水静，才能流深，香港却一直处在浮动的历史中。中国一有战乱，人就涌进来；战乱一过，人就流回去，或者，稍做不得已的停留，然后奔往更向往的西方。太多人将这里当做跳板或客栈，无数的移民流出去，又有无数的难民流进来；移动中的"分众"一直没有足够长久的历史时间沉淀，"练习"互动，从而变成有共识的"大众"，有默契的集体。殖民者为了统治的便利，更不会乐意去培养一个有共识、有默契的民间社会。

在龙教授的笔下，香港的价值跃然纸上，她说香港人"冷"。我理解的"冷"，不是"冷漠"而是"冷静"，客观而公正，见过大世面：做过"亡国奴"，唱过"狮子山"，当过暴发户，不再有卖弄的"雅兴"。有了这样的了解，就更坚定了我创作的信念。

当然，这一想法实行起来并不像想象的那样简单，后来又经过了多次修正。譬如，我曾想过自己去翻阅大量关于香港社会发展的材料，写一本历史随笔；也想过，由我来主编，拟出题目，请香港的年轻朋友来写。但是，这些想法都因为一些现实的原因而一一被自己否定了，最终选择了一种最直接的方式——访谈。

访谈对象的选择标准有三点：第一，名人，因为名人大多见多识广；第二，要对内地和港澳台地区情况都十分熟悉；第三，不必仅限于年轻人，如培根所言，年少者多激情，年长者多经验，"激情"和"经验"都是我们所需要的。

继而，我罗列了几十个题目，几乎涵盖了我所能想到的当下年轻人关心的所有社会热点问题，再经过层层筛选，最终确定了十个主题，有关于生活的、就业的、升学的、情感的、住房的，甚至还有关于媒体的。十个主题在手，我便像拿着十位姑娘的照片，做起"红娘"，开始物色她们的"如意郎君"：

　　欧阳应霁——这个以让家居更美好为志业的大设计师——谈
"蜗居"；

　　马家辉——这个威斯康星大学的社会学博士——谈"蚁族"；

　　邓小桦——这个以保卫天星码头出名的新锐作家——谈 "拆
迁"；

　　林奕华——这个长久以来关注都市男女情感问题的大导演——
谈"剩男剩女"；

　　邓小宇——这个从小就是童星的大作家——谈"富二代"；

　　汤祯兆——这个曾经十分成功经营电影周边产品商店的日本
通——谈"创业"；

　　许子东——这个岭南大学的大教授——谈"考研"；

　　李照兴——这个往来于两岸三地的媒体人——谈"微博"；

　　廖伟棠——这个关心人类比关心自己更多的大诗人——谈 "信
仰"；

　　梁文道——这个拥有千万粉丝的佛教徒——谈"粉丝"。

　　这十个人，不敢说他们与这十个问题是"天生一对"，但也是"地
造一双"。在为时近半年、频繁穿梭于各地的采访过程中，我最大的快
乐，莫过于总是能够从他们的口中听到真知灼见。他们的视角，透露

出洗尽铅华之后的淡定自如，有批判而没有焦虑，有愤慨而没有暴躁，有自信而没有自满。比如，马家辉在谈"蚁族"时说："蚁族根本不是问题。"欧阳应霁在谈"蜗居"时说："蜗居是一种很好的训练。"这些话，不是身在炼丹炉里能说出来的，必定是出了炼丹炉之后，才能轻松地说一句："哈哈，在炼丹炉里有什么不好？它能给你一双火眼金睛！"

　　当然，香港也不尽是好的。香港作为一个拥有七百万人口的城市，有许多社会问题。我又想起说龙应台教授说过的一段话：

　　　　香港现代化的进程中，要拆掉那么多的老街，换成商场、酒店和大厦，其实是对文化和历史的破坏，我还记得十多年前去欧洲，第一次被一个老牧人和他的五百多只羊堵住了路口，那时候我就在想，原来这就是欧洲。其实高科技和现代化并不是指要用高科技将我们的一切历史和古老都替换掉，而是用高科技，将我们的历史保存得更好。现在香港据说每年都吸引一千万内地游客到香港来，如果香港全部变成了"又一城"，我相信，这个吸引力是会消失的。

　　这就是香港的问题之一。我们看了这样的教训，会想重蹈覆辙吗？很遗憾，我们今天在内地看到的情况，正是不少城市在走香港的

老路，无数古迹被拆掉建成商场，走到中国的任何一个地方都感觉似曾相识。内地的经济学家喜欢讲"后发优势"，后发的优势何在？就在于能从像香港这样的"已发展社会"（developed society）中吸取经验和教训。香港做得好的，我们借鉴；做得不好的，我们回避，学会淡定、冷静、理性地看问题。这就是我的一点小心愿，也希望这本书能给各位读者带来一些思考。

　　是为序。

2011 年 2 月 13 日

写于古处州浙江丽水

欧阳应霁:
"蜗居"是一种很好的训练

欧阳应霁,相信旅行,钟情漫画,关注设计,沉迷杂志,狂恋音乐,爱好美食,是近年来活跃于大陆及港澳台地区的漫画家和文字创作者。香港理工大学设计荣誉学士及哲学硕士,曾经供职媒体,做过电视节目主持人,亦曾经营过精致家具专卖品,还曾连年奔赴米兰家居设计展,为香港市民介绍最新设计潮流、理念。创作有《我的天》、《爱到死》、《小明》、《三七廿一》等知名漫画,图文旅游书《寻常放荡》,散文集《一日一日》,家居品味书《两个人住:从家徒四壁开始》、《回家真好》,美食书《香港味道》等数十部著作。

我希望大家先要面对"蜗居"这个现实,然后再思考这个现实为什么会是这样。过了这一步,才回头来说,我们可以稍微淡定一点,因为在淡定之前其实是有一个很激烈的矛盾和跌宕的,我们不能回避这一段过程。

　　我不能以一个中年过来人的心境来劝大家要淡定、慢慢来。我反而觉得作为年轻人——年轻同胞,要有一种面对现实的精神,要很主动地面对"为什么会是这样子"的问题。要问清楚,看清楚,然后再来讨论出一个解决方法。我不愿意接受"这是天命"之类的说法。当我们看清了,我们自然会有自己的方法淡定下来。这个方法可能是很"叛逆"的,里头充满了很多的能量。

　　我理解的淡定,不是那种纯粹的"听天由命",不是,它必须要剧烈地运动。所以,有很多朋友问我:"你是不是在生活中已经找到平衡了?"我说:"也是也不是。"我的"平衡"其实像一个钟摆,剧烈地运动,在从这一端摆到那一端的过程里,我反而理解了那种在运动当中的平衡,这才是我的平衡。我愿意把这个想法跟大家分享。我觉得倒是在动荡里,我是最安心的,如果不动的话,就完蛋了。

——欧阳应霁

欧阳应霁的淡定

　　欧阳应霁(以下简称"欧阳")是个"生活家"。

　　早年,他是个热衷实验剧场的文艺青年;后来,慢慢开始涉足漫画、摄影、设计、家居、美食、旅行各界;现在,俨然已经成为都市小布尔乔亚阶层的"教主"和"精神导师"。他不是纸上谈兵,更不是照本宣科,他是生活的实践者。

　　欧阳崇尚简约主义,膜拜无印良品(MUJI),平日穿衣,不是黑就是白,顶多加一点灰。

　　欧阳爱书。传说,他去朋友家做客,第一件事就是去翻朋友的书柜。他自己家中的藏书亦颇丰。但是,听闻他不喜欢书籍摆在书架上形成的五颜六色的"锯齿",所以把书柜全部"隐藏"起来。步入欧阳家,你看不见他的宝贝。

　　而欧阳自己出版的书,本本都很漂亮。且不说文字,光是欣赏他拍的那些照片,就已经是一种极大的享受。

　　梁文道在他的读书节目《开卷八分钟》里介绍欧阳的书《两个人

住： 从家徒四壁开始》时，一开始便说：

　　现在有越来越多的书讲家居设计，可见大家对室内设计的要求是越来越高了。这种潮流使得很多人开始对一些名师的设计品朗朗上口，想着买个什么样的台灯、锅子回来，搬家的时候又要怎样重新布置沙发、桌子……但是我们常常忘记一个问题，就是我们往往想的都是"加法"——我们的家里应该有什么东西，那个东西该有多好看、出自哪家公司、是谁设计的；可是我们常常忘记做"减法"，所谓"减法"的意思就是想一想有什么东西是"不必要"的，我们真的需要那么多东西吗？本来我们的家是一个四四方方的空间，但是到了后来，我们的家却变成了一个"货仓"，它原有的模样和状态我们几乎完全忘记了。我的朋友欧阳应霁在他的《两个人住》里，一开始就提出了这个问题： 到底怎样从一个家的四面墙开始，去构想你的家居生活呢？

不错，欧阳所热衷布道的，正是一种"减法生活"。所谓"减法生活"，并不是抛去一切的"苦行僧"式生活，而是尽量把家中自己不需要的部分"砍"掉，用来填补自己所需要的。

对欧阳来说，家里最需要的，或许就是厨房。真的不得不提欧阳的厨房。他在香港上环的一间工作室，简直是"美食试验室"，所有他关于食物的新鲜想法,都会在这里进行实验。他把自己喜欢的厨具全部搬回家,厨房里收藏有三十多种打蛋器、一整面墙的碗。每只碗说来都有一段动人的故事。他说,即便不做饭,看着这些厨具,心里也很舒服。

欧阳不是那种出身"书香门第"、"大户人家"的人,他的成功,一切从家徒四壁开始。

当我问起欧阳童年时候的家是怎样一个情况的时候,他的回答简直让我吃惊。他说:"我的家,加上我弟弟、我妹妹、我爸妈,还有一个长辈,一共六个人,住在一间大概只有 20 平米的房子里。"我觉得不可思议,追问六个人在 20 平方米的房子里要怎么睡觉,放得下六张床吗?他说:"哪里有六张床!我爸妈睡一个房间,我的房间则是一张上下铺的床,我跟我弟睡上铺,我的长辈和妹妹睡下铺,老实说,每个房间都不到 10 平米。"但是同时,欧阳亦不忘强调:"我们一家很快乐!"

欧阳在大学里写的毕业论文,题目就叫《香港家居观念》。他分析香港人对"家"的认知,得出这样一个结论:"在香港,'家'的观念其实是破裂的、离散的。"也就是说,那个真实的空间和面积对香港人来说其实并不重要,重要的,只是一种感觉,一种理念。

作为土生土长的香港人,欧阳自然也服膺这条"铁律"。在他的书《回家真好》的序言中,他用一段话概括了这种"离散"的家的精神:"家是一铺床,一张沙发,一盏灯;家是一个布偶,一张照片,一个水杯。家是空间格局的安排,光影气氛的调协,家是人和人的关系,家是身体的归宿精神的寄托,纵使你认定家在温暖室内,我依然偏执家在曲折路上,说到底,家是心之所安,心安理得,大家应该快乐。"

欧阳给我的印象,总是很"潮",谈设计、谈家居、谈美食、谈漫画等,都是一副"艺术先锋"的姿态。"潮人善变",这是我的"偏见",因为我觉得"潮人"总是在追赶那永远追不上的"潮流",没有"坚守"。一位文化圈朋友曾经揶揄欧阳说:"欧阳比我岁数还大,我都不敢穿成他那样上街,一大把年纪了居然穿个短裤露出小腿走来走去!"然而,在和欧阳接触的过程中,我渐渐认识到,表面上看,"潮人"总在变;但内里是不变的——不变的是那颗不断追随"潮流"的心。

欧阳的"Home"系列丛书(《设计私生活》、《回家真好》、《两个人住》、《放大意大利》、《梦·想家》等等,简体版由生活·读书·新知三联书店出版),已经成为不少人心中的经典。张艾嘉曾经用诗化的文字来评论这一系列的书:"我的家——客厅一定要简单,东西要少,能有足够空间去发呆。睡房要温暖,才会有睡意。衣服不可摊一地,地上是属于杂志和书。厕所要连接卧房,以便裸体行走。厨房要超大,容许我做菜时制造出一切的混乱。但是柜子和抽屉里的用具要整齐,干净有秩序。嘿! 我觉得你已经开始了解我这个人了……"

　　真的，作为一个"波西米亚人"，欧阳书中的每一句话都能说到我的心坎里。坊间俗话道：少不读《水浒》，老不阅《三国》。我劝家长们要尽量把欧阳的书锁在箱子里，或放在儿童够不到的地方；也劝年轻人应视欧阳的"Home"系列为《水浒》，读完小心"中毒"！免得和我一样，年纪轻轻，就下决心要步欧阳的后尘，放弃追求高床软枕，而歆羡起将自己放逐的生活来。

　　欧阳在香港虽然有家，可是很少住，他的生活不知从何时起，开始了"布朗运动"。比之在家做"宅男"，他更喜欢去朋友家"串门"。他说："应该是有家可归的我，不知道从哪一天开始相信了四海为家的漂泊之美，开始了家在背包里的日常生活，早晚赶车赶船，偶尔因为误点被迫睡在某机场某个只有门没有窗的小房间，不知日夜。然而飞来飞去并不累，因为始终有种冀盼有个目的：抵步着陆脚踏实地推门进去，面前是一众精彩的朋友以及他们的厉害的家。离家出走为了走进别人家里，是可以给自己开的玩笑吧。太清楚自己会在自家舒适的家居环境里耽于逸乐慵懒，所以大胆'解散'自己的家，去认识了解别家的面貌和可能。"

　　他说他喜欢过这种"钟摆式"的生活。一般人喜欢定居，觉得这样才有安全感；可是对他来说，只有在不断迁移之中，他才能感觉出一份安稳——原来，他的家是一座"移动的城堡"，走到哪里，哪里就是他的家。所以，他也从来不介意家的大小，"蜗居"对他来说，是完全无妨的。

欧阳今年也四十好几了吧？可是看上去好年轻。他曾在接受《新京报》采访时说："人真的老了的话，心态会更偏向怀旧，也许会更想念住在城里面一家人的感觉。老实说我却不怎么怀旧，也不恋家，可能我会越活越像小孩。"他说他自己是"积极进取型闲散退休人士"，他在香港《明报》开设的专栏名字叫"中年无休"。

欧阳强调，一切都应该通过自己的劳动取得，如果你不满足于"蜗居"，那就应该去工作，既不要"傍大款"，也不要"啃老"。

他和家人的关系很好，尤其不赞成"啃老"。在他看来，"啃老"会造成家庭矛盾，"本来可能是很和谐融洽的关系，可能因为'啃老'而发生很多冲突"，而这样的家庭冲突，到最后一定会演变成社会冲突。是你自己的事情，不应该强迫家人来替你承担。

欧阳在大学时代，租的第一套房子只有10平方米，入社会后买的第一套房子，也不过30平方米；现在，用了二三十年时间，才慢慢争取到一套将近140平方米的房子——在香港绝对称得上"豪宅"！他不是暴发户，或许也并不算太有钱。他说，他"特意要住在郊外，才可以有比较大的房子，在城里根本不可能。而且因为是老房子，买的时候也碰上了地产的低潮期，总价才没有那么可怕"。

起初，我想请一个社会学家或者时事评论员来讲"蜗居"的问题，但是怕讲得太沉闷，而且也容易流于陈词滥调。某日不知何处来的灵感，突然想到不妨邀请搞家居设计的欧阳来谈。一方面，他可以从设计的角度切入，谈出一些新的对"蜗居"问题的观点和看法；另一方面，欧阳本身也是个媒体人，过去做过主持人，常年开设专栏，真要他评论起来，应该也能胜任。本来也就抱着这两点初衷，谁知采访结束后，收获比原来想象的多得多。

采访欧阳的过程，充满了各种"错过"。

起初，当我试着给欧阳印在《回家真好》上的电邮写信时，还担心手中这本 2003 年出版的"旧书"所提供的信息，或许已经"逾期作废"了。然而，发出电子邮件当天的晚上，我就收到了他的回信。看到我的邀请函时，欧阳人在日本，但立刻就答应接受采访。不过他在回信中说："我目前人在日本关西，回港后要再到法兰克福，再回港后还要去澳门、北京。这阵子在港的时间不多，先把我的时间表给你参考，看看是否能来得及。"欧阳很细心，几号回港，几号赴德，几号去京，都列得详详细细、一清二楚。

足足半个多月，我都在盘算，和欧阳不断来往邮件，心想：到底最终是在香港、澳门还是北京采访他呢？只要他确定一个时间，我便立刻飞过去。谁知，最终却在杭州见到了欧阳！——他当时正在中国美术学院教书。

见到他时，是一个晴朗的早晨，阳光洒在咖啡馆的桌子上。他本人和我在照片中见到的几乎一模一样，高高瘦瘦，全白的头发螺旋隆

起，从右边梳到左边，黑框眼镜，一小撮胡子；但和我想象中又有不同，和蔼，亲切，握手时很有力。

采访完欧阳，我最大的体会是：我想有个家，一个欧阳式的钟摆式的离散式的蜗居式的家，一切从家徒四壁开始！

"蜗居"压力下的选择

许：内地有一部连续剧叫《蜗居》,你有没有看过?

欧阳：我知道还有本同名书,稍微翻了一下,没有细读。但是从周边的一些评论,我大概知道是什么样的剧情。

许：《蜗居》里反映了两种价值观的冲突：一种是自己攒钱,勤勤恳恳地工作买房子;一种是做别人的情人,一步登天。这两种价值观,你怎么看?

欧阳：其实对我来讲,这是一道很简单的选择题,因为我觉得一切都应该是自己努力得来的, 那才问心无愧,这是我一直的生活态度。当然,反过来说,我觉得官员也需要恋爱;做一个官员的情人,毕竟也是自己的选择,也没什么不对。但是,你自己要问清楚你自己能够承担这一切后果吗?如果你想好了,你就去吧。我觉得尤其在当下,

有很多不一样的价值观，很难说哪个是对哪个是错，毕竟每个人有自己的选择，每个人的生活都是一种经验，哪怕你从最坏的经验里头，也是可以取得一些往后的参考的。

　　许：我觉得香港住房压力也挺大的，是不是会有人选择为了一套房子去做"二奶"？

　　欧阳：在香港，偏偏因为房子实在困扰每一代人，所以每一代人有他们各自的解决方法。比方说我的父母，我家有三个小孩，我是老大，还有一个弟弟一个妹妹。我的父母，他们当年为了养活我们这几个小孩，他们选择的方法是自力更生，就是两个人都要工作。我爸爸同时有三份工作：白天上班，下班做兼职，半夜还要画画。我爸爸是个画家，他在一个出版社工作，白天是做美术编辑，下班要画那些教科书的插图，还要替报纸画每天的漫画专栏。所以，他的选择就是愿意自己辛苦一点，就为了我们，为了我们家可以有一个小小的房子。

　　许：后来你自己的第一套房子，是怎样的？你走上社会后的个人住房历程是怎样？

　　欧阳：这个历程也蛮好玩的。当然我们家也是从 20 平米的房子慢慢变大，25 平米、30 平米……其实我上大学以后还是可以住在家里的，但是你知道，那个时候会觉得该有自己的空间，好像心里头蛮有这个需求。父母也看到这个状态。因为那个时候我也不用负担家里的什么开销，我就从学校给我的奖学金里，稍微分一点出来，在我们家附近租了一个不到 10 平米的小房间，有摆书桌、书柜的位置，有一个很小的睡的地方，还是一个架在半空的小阁楼的样子。这样，我就开始有了自己的小空间。

后来，我很清楚地记得，我的第一套房子，首付的钱是我父母的。有一天他们告诉我："嘿，替你准备好了小小的一笔钱，拿去做首付。"到现在我还是很感激，我们香港的父母太厉害了，他们工作很辛苦，但是他们依旧会为下一代做准备，我身边很多朋友都是这样，我们根本没有能力自己拿出首付。

许：那是在什么时候？

欧阳：应该是在 20 世纪 80 年代中期，差不多我大学毕业的时候。

许：内地现在很多也是这样，父母给子女付首付。但是在内地，有的孩子是逼父母来给自己付首付，觉得自己到了一个年纪要结婚了，必须要有房子，这个时候父母就算是去借钱，也要给孩子付首付。

欧阳：父母为自己的孩子做任何事情都是有他们的理由的，或者说也是出于一种关爱。我觉得父母有这个能力的话，这么做，下一代应该感激；但是绝对不能说下一代反过来要求父母一定要这么做，就好像你小时候一定要一个玩具一样,不该是这样。我觉得,比较合理的情况是,父母在他们的能力范围里提供一个基本的帮助,比方说首付。我父母当年的做法就是这样。他们付了首付,之后的所有都是我自己付的,因为我那个时候已经开始工作了,进入社会了,就要自己赚钱来为自己打算。

许:贷款是你自己还的?

欧阳:对。我很幸运的一点是,我一直跟家里的关系很好。所以我们有什么事情也都说得很直白,没有隐瞒,有没有能力其实大家都很清楚。我觉得该是在这样的一种互相支持、互相关怀的状态下,变成一件美好的事情,而不是互相的负担跟压力。

香港人并不为"蜗居"焦虑

许:你的第一套房子有多大?

欧阳:我现在想起来,第一套房子可能也才不过30平米,真正的使用面积就20多平米,特小的一个空间。我是一个喜欢在厨房里玩的人,那个时候我的厨房,真的像一个走道,基本上只能供一个人进去,甚至是一个人走也有点困难。但是也很好,我开始有这样一个小小的空间。有了自己的空间,就可以随意安排。因为房子的结构没有改动的可能，于是我就把客厅稍微改了改，搭了一个小平台作卧房，睡在平台上面，下面还可以放东西。原来的睡房，就变成我的工作室和书房了。就是这么简单，是很"蜗"的一个"居"。

许：后来通过自己的努力，房子一点点换成大的？

欧阳：对。后来我谈恋爱，然后跟当年的女朋友、现在的太太住在一起了。我们开始慢慢存钱，买房子。其实我们对在香港该住哪里没有什么概念，没有想太多，因为毕竟我们还是从"中下阶层"走出来的，对那些豪宅什么的完全没有概念，也并没有觉得我往后一定要有多大的空间，反正是按自己的生活方式来。因为我们两个都蛮喜欢旅行，所以不一定会留在香港。我们到处走，走到一个地方，稍微落脚，又继续上路。我们到目前这个年纪，已经在香港生活了半辈子了，但是还是经常会想象一下："哎，我们下一站要去什么地方？"然后就会去往那边住上一段日子。我们对"家"的概念并不太"黏"，不会觉得一定要在一个地方，随自己的生活改变，大的小的房子，对我们来说也没有太大的关系。

许：从"蜗居"开始，慢慢奋斗，这对香港人来说，是一件很正常的事情，大家并不会觉得焦虑，对吗？

欧阳：对。老实说，如果要焦虑的话，上一代已经焦虑过了，到我们这一代早已接受，这就是现实，并没有因为这个而有太多的烦恼。因为香港毕竟是这么小的一个地方，大家也习惯了住房的压力、工作的竞争，做生意租金也很费力，有太多事情要焦虑，反而不会为"蜗居"太焦虑。你在这样的环境里长大，你就会有"弹性"，有适应力，这是从小就培养起来的。所以，不太会出现太"戏剧性"的场面，比如为了房子要嫁入豪门，一般人还是比较踏实地去考量。香港人会花比较多的时间和精力在投资上面。但是这个我也不懂，所以我都交给太太处理。

许：你觉得香港人的居住环境这么小，香港人快乐吗？

欧阳：我觉得香港人在这方面也蛮能够找到某一种平衡的，一般来说，既然居住的空间这么小，所以就争取尽量在外头活动喽。

许：香港人好像很少约朋友在家里来见面。

欧阳：对，会约在一个咖啡厅啊、茶楼啊，这样跟家人或朋友见面。所以，为什么香港吃的文化水准这么高，其实跟家里的地方都很小是有关系的。无论是从家居还是从商业的角度，都可以体现出来。由于我们真的比较难邀请朋友回家吃饭，于是就在外头吃；在外头吃多了，也慢慢争取不要去装修太豪华的地方吃；所以有好一批餐馆强调自己是家常小菜，环境很家常，菜色也很家常，就是为了让大家的落差没有那么大。

另外，因为香港小，住房也小，香港人就会争取更多机会出去旅游，稍微可以平衡一下。有时候一放假，就跑到外头去。不一定离开香港，也可以是在香港本地，比如香港有很多不错的公园，平常你不出远门也可以在家附近走走，我觉得这也是蛮健康的。有机会、有条件的话，就去一些临近的国家和地区，或者是走到更远，体验外面的世界。

住房小的问题，我想在日本也是一样的。因为日本是一个岛，在大城市里居住空间也特别小，甚至是比香港还小。但是他们的文化注重小和精致，所以他们会比香港搞得更细。我们中国人一般都说自己比较"大气"，习惯把东西都乱放一堆。

你参照不同的文化，可以对自己的居住空间产生一种理解，最重要的，如果找到平衡点的话，心还真的可以安下来，那就行了。

"蜗居"是一种很好的训练

许：我看你在《回家真好》里面写的，那个叫 Gery 的朋友，他的家就很小，但是他住得很有味道。《回家真好》这本书，你里面写的每一个人的家，大到像江晓原教授的家，小到像 Gery 的家，他们每一个人的家都住出了一种"精神"，跟大小无关。他们总想要体现一种生活理念，像书中的黄炳培，他的理念是房子要"不舒服"，所以他没有沙发，没有放松的地方。你觉得"理念"在你住的房子里面是不是很重要的东西？

欧阳：这是肯定的。我也不是故意要玩"艺术"，我不是那种一定要把生活弄得像行动艺术的人，不一定。但是你一定要为自己的生活，为自己的家居找出一个"主题"。比方说，你是一个很爱"吃"的人，你觉得在家里烧菜是一种很大的享受，是你可以跟家人做的一个很好的分享，那么，为什么你不把你的家——那个小小的空间——就当成是你的厨房呢？你有了这个"主题"，其他的因素就可以做出适当的调整和牺牲，你可以更乐意"蜗"在一个小小的床上面，哪怕是打个地铺，换来的是你得到了更大的空间，一个完整的厨房，你的生活就可以围绕"食物"来展开。再比方说，有些朋友可能特别爱看书，可能觉得自己本来应该生在图书馆里，或者是住在书店里，他就会把家完全安排成一个书房。我觉得只要给了自己的家一个"主题"，一切就好办了。当然，如果你是选择跟别人生活在一起的话，那个身边人也必须要跟你有同样的理念。如果没有同样的理念，是不可能有一个长久的关系的。

任何人都不可能给你提供一个"完美"的居住空间，每一个真正合适舒服的居住空间都必须要由自己来打造。所以，再好的家居设计师能够提供的也只不过是一个参考、一个建议而已。为什么很多有钱人的家完全没有"人气"，完全没有自己的性格？这是因为他们有钱，他们能请到最好的设计师，设计出一个其实应该属于那个设计师自己住进去的房子——那完全就是设计师自己的美学，而不是那个住的人的。反过来说，要为一个客户去量身打造一个真正可以住进去舒服的空间，对我来讲简直是不可能完成的任务，我不相信一个人真的可以有能力在短短的半年一年时间里理解客户的生活习惯跟方式。因此，我觉得真正好的居住空间，适合居住者的，必须由居住者自己来设计、来安排。

许：这样说起来，"蜗居"反而比较容易打理？

欧阳：肯定。所以，我觉得"蜗居"对于我们的人生是一种很有趣的练习。你会锻炼出一个更精准的挑选能力——什么是你喜欢的、不喜欢的，什么是需要放在这个环境里头的。怎么购买不是一件困难的事情，怎么不买才是一个最大的挑战。

许：这个就是你强调的"减法生活"吗？

欧阳："蜗居"就是一个很好的"减法训练"，因为它本来已经是这么小的空间，你一定要做大量的减法，才可以挑出最好的放进那个空间里，选错的机会就少了，收纳进去的一切都是你喜欢、需要的。老实说，一个人真正喜欢、需要的也就那么几件东西。

许：那你觉得一个幸福的家应该具备哪些因素、条件呢？

欧阳：一个家的组成是从一个人开始的，慢慢变成两个人，开始有下一代。所以，我觉得首先要处理好自己。如果你一个人在一个小小的空间里头，有这样的生活经验，可以打理自己的平常生活，能够给自己做一点吃的，穿得也还算行，自己舒服，也能安排好工作、娱乐的小环境……我觉得首先该有这样的一个经历，然后才可能有一个幸福的家。假如你一下子就从家里出去，马上要跟另外一个人组织一个家庭，其实是一个很大的考验，如果你从来没有跟家庭以外的人有过"同居"经验的话，一定会碰上蛮大的问题。我觉得从生活面上说，首先要很清楚自己有什么需要、自己未来可以做的妥协有多少。

许："妥协"指什么？

欧阳：比如，你有没有真正认清将来你打算跟他生活下去的人，他的生活习惯是什么样的？性格是什么样的？对方的迁就和妥协能力有多强？因为妥协是互相的，你不能不公平地说硬要对方妥协，也不能对自己不公平地说完全自己来妥协。想清楚了这些问题，你就可以大概准备好进入两个人在一起的空间了。

这个过程需要大量的认识和了解。你们一起去买东西的时候，你就会开始慢慢知道是不是真的可以跟这个人住在一起。我身边有朋友真的有这样的经验，他们已经在一起交往一段日子了，准备先同居，还没有决定要结婚。然后，偏偏是在一起去找要买什么杯、盆、碗、碟的时候就分手了。因为他们发现，咦，原来大家挑的完全是不同的款式！对颜色的喜好啊，对质材的喜好啊，完全是两个方向。当然这有点极端，但是也可以理解，毕竟这是一个认识的过程。所以，大家都要做好这个准备，从一个人到两个人到三个人，这个过程里头出现的矛盾可能会让你做另外一个决定，你必须要有这个承担。

当然，如果我们比较正面地想，我们可以把这一切都拿出来谈，看看是不是有一个互相可以妥协的空间。或者再换一个更正面、更积极的说法：大家是不是可以一起进步，一起再往前走，去找我们共同的东西，把过去的一些放下。我从前喜欢这个颜色，喜欢是喜欢，但是如果我打算跟一个人住在一起的话，是不是可以另外去找一种我们都喜欢的颜色？去面对，我觉得才是生活。毕竟，人生是不断的实践和改变。

住房大小与幸福感无关

许：你这么说，是不是认为：住房的实际大小跟个人生活的幸福感，并没有太大的关系？

欧阳：对，我觉得并不是有直接的关联，因为老话也说"敝庐何必广"，是你自己的一方小天地，就看你自己怎么处理。我反而觉得小的空间对于一个人是一种挑战、一种锻炼。在一个小小的空间里头，如果你也可以安排得很好的话，我觉得这才是真正的本事。给你一个大空间，如果里头没有人跟你在一起，孤零零的，我觉得更难过。或者就算你有钱，你可以把那个空间都堆满你喜欢的东西，但是东西那么多，你可能要花两三年才能完全眷顾到它们，很多衣服买回来从来也不拆，十年后才发觉原来自己有这件衣服。老实说，从旁观者的眼光看，很可悲。倒不如一个小小的空间，用来训练你自己的"精准度"。这中间会有很多反思，你会从你需要什么、不需要什么中，更好地认识你自己。然后你知道你过去是怎么样的，现在是怎么样的，未来该怎么走下去。

许：我有一个假设性的问题：香港的住房面积这么小，很多人也有不满，那假设我们给香港人一个机会，换到中国内地农村来住，每个人都住"豪宅"，你觉得香港人会愿意吗？

欧阳：这是一个有趣的安排，比较戏剧性，我觉得有一部分人应该是会愿意的，尤其是年轻人，愿意有这个体验。但是我们不要有太多的误读。这个误读是说，我们把一直在城市长大的朋友，放到农村的环境，你会接触到大自然，刚开始可能你会很开心，但是可能你还是要问："究竟我为什么要在这里，我为什么要跟自然环境在一起？"

反过来说,在农村长大的朋友,他本来就有这么好的自然环境,居住得比较宽敞,他为什么要争取要到城里去生活,要挤进城里这么一个狭小的空间呢?我觉得,这是每个人在他人生的不同阶段里的一种要求,或者是一种向往。但是这个向往也不能完全停留于一种想象,它必须要踏实地落地。你到城市里,你争取的可能就是你生命当中某一个阶段的一种经历,可能城市会提供更多的机会,或者是与一些新鲜事物的近距离接触。但是你也要很清楚,不是每个人都跟城市的那种环境相谐调的。同样,也不是每一个城市的人去到农村的环境,他都会真的开心。可能有些人,他生来就是一个城市人的本性,他必须要在这样密集的空间里头,才可以找到自己;而有些朋友,要天大地大,他才可以开放。所以要看自己对自己有多了解,自己的本性是怎么样的。

许:我之所以有这个假设,是想关注那些不愿意做这个交换的人。为什么很多人一边不满狭小的居住环境,一边还是愿意留在香港,甚至是想方设法地留下来?

欧阳:简单来说,因为香港地方很小,所以这个城市的空间环境可以比较方便走动,不像北京、上海,你花个半天才能到一个地方办一点点小事;香港人太习惯在一天里头完成五六件事情,觉得这是一个城市提供的一种方便。然后,香港因为地方小,各种各样的思想、各种各样的文化可以集中在这里,比较方便交汇。我觉得大家会欣赏香港的这些长处,所以就比较愿意留在香港。但是有这种体验的人,像我,可能有一点身在福中不知福吧,对这个也好像都习惯了,不觉得怎么样,如果你在其他地方多了一些生活经历的话,回过头来想会觉得:咦,香港真是一个不错的地方。

许:我们说回内地年轻人,既然买不起大房子,只能够买很小的房子,那么,在很小的房子里面,他们应该以怎么样的心态来面对这个现实?

欧阳:"蜗居"跟历史有关,跟现在整个社会的状况有关,这已经不止是新闻频道上的事情,而是我们现实生活中的事情。虽然有些事情我们以"一己之力"不能解决,但是真的有很多同辈在遭受,我们也看得出下一代可能还会有同样的状况,甚至可能更严重。所以,我觉得要正面地面对,必须去问:为什么会是这样?为什么社会会出现这样的不公?为什么贫富距离会越拉越大?谁来负责?我们能一起来做点什么努力?这是每个公民的责任。即便它有责任部门,每一个公民也必须有自己的看法和做法。尤其是年轻一代,不能回避。因为我相信每件事都有原因,你要追问下去。

"让父母跟我们一起长大"

许：在这样的现实面前，你是无条件地去适应，还是试图去改变，这态度本身就是一种责任。

欧阳：如果说无条件地适应，我觉得这有点太被动了。它牵涉到社会有没有平台让一些声音被听到；或者，那些不放弃的朋友的努力，能不能集合成一种可以反过来影响政策的力量。如果连我们这群真正受"蜗居"影响的人，也没有任何的"不合作"的态度的话，那就完蛋了。

许：香港年轻人应该很能接受"蜗居"的现状了，现在内地的年轻人，像我这样的"80后"，其实很多也能够用开放的态度接受，觉得"蜗居"无所谓。但是父母辈，他们可能还不太能够接受，他们总希望有一个底线，比如说起码要有 100 平米。在这个情况之下，当一些父母要嫁女儿的时候，他们会要求女儿一定要嫁一个有房子的人。在香港，有没有过这种观念？

欧阳：过去也有。父母总是希望下一代有一个比较好的生活条件，这个很可以理解，而且也没有错。只是说，有没有可能"让父母跟我们一起长大"，或者是跟我们一起经历，也让他们接受这个现实，让他们知道，真正的幸福是来自于跟你生活在一起的人和你有没有共同的理念、能不能"同甘共苦"。这是老话。如果你们只能"同甘"，如果你们只能共同去享受那 100 平米的房子，有一天如果破产，要住回一个才 50 平米的房子，难道说你们就要马上离婚了吗？把这个告诉父母，父母应该是可以理解的。如果没有"共苦"的基础，老实说，"同甘"是假的。

许：好像香港在"非典"以后，有很多人破产了，很多家庭就出了问题。当年两个人结合，是因为一套豪宅，一旦破产了，两人的关系就崩溃了。中国现在的问题是社会变化太快，可能在美国是四五代人慢慢地改变成现在的样子，但中国可能就是两代人之间就变完了，父母很难接受孩子的理念。

欧阳：对。现在整个社会的发展速度和人的观念根本不能谐调，因为落差实在是太大了，所以我们自己首先必须要好好地理解一下，然后看看可以用一种怎么样的方法，给父母一个他们能够听得懂的解释。父母不是站在我们的对立面上的，还是一家人，对吧。但是这需要我们首先自己厘清，然后才有可能跟父母沟通。看什么样的方法是他们能听得进去的，或者是举更多的例子，更多更正面、更"悲壮"的例子，让他们知道最重要的是下一代人幸不幸福，这与房子大小无关。

许：大城市人均居住面积越来越小，是不是一个趋势？

欧阳：全世界都是这样,任何一个人口高度集中的城市,哪一个没有碰上过这样的问题?只不过有些城市起步比较早,已经过了这个阶段。所谓当代"城市"的概念,也就这一两百年的事情。在这一两百年里,他们的城市可能已经经过了几代人的进进出出。问题是到了中国,我们在改革开放这三十多年里,经历了别人一两百年才会走完的过程,矛盾就显得特别大。如果我们看到这一点的话,大家心里会有个底,知道我们现在像经历一场实验剧一样,浓缩了人家的种种经验——这可能就是我们这一代人的幸福和无奈吧!

【采访时间】2010 年 10 月 26 日

【采访地点】中国美术学院(杭州)

马家辉：

"蚁族"根本不是问题

马家辉,1963年生,香港湾仔人。著名专栏作家,文化学者。台湾大学心理学学士,美国芝加哥大学社会学硕士,美国威斯康星大学麦迪逊分校社会学博士。曾任台湾华商广告公司文案企划、台湾《大地》地理杂志记者、《明报》世纪版和读书版策划顾问等。现为香港城市大学中国文化中心助理主任,为大陆及港澳台地区多家媒体撰写专栏。21岁出版成名作《消灭李敖,还是被李敖消灭?》,迄今已出版有《江湖有事》、《爱恋无声》、《死在这里也不错》、《明暗》、《日月》等多部散文集,以及《站错边》等多部时评集。

"蚁族"有一个很重要的特点：大学毕业。有基本的技能跟文凭。你在这里留不住，不代表你到其他地方留不住。

中国老话讲：此处不留爷，自有留爷处。这个"处"不一定是乡下老家。中国太大了，有不同的城市，你还是可以去不同的城市、不同的乡镇找寻机会——因为大学文凭好歹还是有用的。

对经历过年轻的人来说，人啊，总有一个"吃饭"的本领。

都说你懒惰是不是？刚好有一个地方需要你这个懒散的人，也说不定。往往是没有机会，没有方法，去找到发挥你本领的地方。

既然中国这么大，那么，就到不同的地方去试一下，迁居吧。

别忘了，蚂蚁除了有群居的特点，还有迁居的特点，遇到下雨就会"蚂蚁搬家"。

所以，慢慢找到生存的地方，特别是在年轻阶段。

不仅是"蚁族"，每个人的一生中总有一段时间是要付出的。就像投资，赚第一桶金是最辛苦的。别人打一份工，你打两份工；别人一个月花三千，你一个月花两千六——原始积累嘛！结束之后，那个才是你的本钱。

我个人觉得，"蚁族"所面对的情况，其实全中国人都要面对，不见得是"蚁族"的独特困境，反而"蚁族"好歹有大学文凭，好歹有可以去的地方。

——马家辉

马家辉的淡定

　　跟马哥(这是我对马家辉的敬称)相识已经多年。这个和我一样视李敖为偶像的人,全身上下都散发着一股李敖的气味。他有不一般的成长经历,少时涉黑帮,与大佬为伍,经历了大风大浪。现在上50岁的港人,应该都听说过大名鼎鼎的"马氏家族"。

　　即便马哥总是声称自己这个"不正常",那个"不正常",比如害怕人群、害怕坐飞机、害怕天黑、害怕登高、害怕极端天气、害怕陌生的环境……但是无论在任何时候,任何地点,你问他任何问题,他都会表现出一种泰然处之的淡定。看得出来,这淡定不是刻意为之,而是由内心发出来的一种自信, 觉得眼前的一切都是小儿科——老子什么没见过?

　　在我们开始谈论"蚁族"问题之前,我首先想到的是:蚂蚁也好,蜻蜓也罢,即便是蟑螂,只要是自己的选择,或许都是无怨无悔的。为什么我会这么想呢? 因为马哥的故事,恰好证明了这一点。

　　19岁那年,本来可以进香港浸会学院(现浸会大学)读书的马哥,因为偶然读了李敖的著作,改变了他的人生轨迹。

那一年他萌生了两个愿望:一是攻读电影专业,将来做个出色的导演(要知道,20世纪七八十年代对香港电影来说是多么光辉的岁月呀!);二是做李敖的"门下走狗",追随李敖的脚步,做一个"刻薄"的作家。最终,在两个选项中,马哥选择了后者。

他放弃香港浸会学院的学业,乘桴浮于海,负笈于台湾,先入台湾辅仁大学,后入台湾大学。在21岁那年,实现了梦想,出版了"李敖研究"专著《消灭李敖,还是被李敖消灭?》,同时也见到了李敖。

面对我这个"敖迷",马哥在谈起自己的经历时好像控制不住地流露出炫耀与得意的神色。他说,自己第一次按响李敖家的门铃时,在门口足足等了五分钟之久,得到的却是李敖从门缝里递出的一张纸条,上书:"小马,我们改天再约啦!"结果马哥只好灰溜溜地走掉。所幸几天之后,李敖真的给他去了电话相约见面,没有食言。接着,我们就能经常在李敖的"金兰日记"中读到"上午,小马来"、"下午,小马来"、"晚上,小马来"之类的话——因为马哥经常去给李敖整理资料打下手。

人生的路只要是自己选的,就没有什么可遗憾和后悔。假设一下,马哥如果老老实实待在香港,应该可以过他的"公子哥儿"的生活吧?——大学毕业,读硕士,读博士,在香港做"文化地头蛇",平步青云,无灾无难到公卿。可是,他偏偏放弃这些,去台湾打拼自己的事业，给偶像做"低级"的"文秘"工作——他的选择，与"蚁族"颇有相似之处。"蚁族"如果愿意留在老家，其实也可以过上不错的安逸生活，不是吗？

马哥常说，他在台湾的时候，是赶上了一个最好的岁月。那年头，只要你聪明，加之勤奋，便处处是机会，满地是黄金。当年在大学里，开学生会议迟到了，马哥拎着包，优哉游哉，意气风发地走进会议室，大大方方坐下。主持问他："马家辉，你怎么迟到了？"他说："不好意思，刚和宝马公司高层开完会。"语罢，四座皆惊，传来"哇哇"的欷羡声，他心里爽死了。

大学毕业后，马哥依旧留在台湾"闯事业"，先在广告公司工作了半年。那段时间，是他真正的"蚁族"岁月：跟人合租在一个小公寓，朝九晚五，三餐都在便宜且不卫生的路边摊凑和，带着女朋友过最廉价的生活。

后来，他到地理杂志《大地》工作，被派驻到东南亚做实地记者，穿梭在越南、缅甸、泰国的雨林里。彼时的东南亚尚未完全开放，并不如今日去旅行那么便利，有的国家甚至还实行"军事管制"，危机四伏。但马哥还是抱着"探险"的心情义无反顾地奔赴最前线。

凡是略微了解马哥的人都知道，他身体孱弱，被人取花名"东亚病夫"。他在东南亚，据说是水土不服到差点死掉，成日头疼脑热，上吐下泻。更何况，既然是在像泰国这样的"天上人间"，哪有什么事都不干的？他说他好几次喝酒喝到醉倒在曼谷街头，呼呼大睡。这样损耗下来，表面上看还是好好一个人，里面早已内伤到分崩离析。在一个国家住上小半年，考察风土人情，回到台湾写篇三五千字的游记，然后继续上路。幸而那时候马哥年轻，折腾得起。

那份工作，年轻人听了都觉得梦幻。但实际上，假如你身在其中，就会知道在物质上有多艰苦。何况还危险呢！一个记者，一个摄影，冒着九死一生的风险，进入一个半封闭的国家，谁知道会遭遇什么？如果现在把你派到阿富汗、伊拉克去，你就能体会这种感觉了。可是，你要说那时候马哥的生活艰苦吧，他自己却觉得快乐似神仙。现在回想起来，还是觉得那段经历简直是不可思议。于是乎马哥才不断强调："'蚁族'苦不苦，不是绝对的，只要他们自己觉得不苦，就会很快乐。"

然而，我始终觉得马哥不太了解内地的情况。他总是跟我强调，现在的内地，和 20 世纪 80 年代的台湾差不多，也是大把机会，只要你肯低头弯腰去捡，满地都是黄金。马哥还跟我说，他在台湾工作几年时间，就攒够了去美国留学的钱，没有用家里一分钱。他相信我再努力几年，也可以赚到这笔钱。

但我实在不敢想象。

我告诉马哥，现在内地的年轻人心里很焦虑，看不到未来，更不知道应该怎样从容地生活，所以我才有了编写这本书的念头，想要让和我一样的年轻人平静一下焦虑的心情。

不过，马哥说：

内地的年轻人在我的印象中还蛮淡定的啊！原来现在不一样了，这二三十年来，内地变化很快。原来也普遍弥漫着一股不够淡定的情绪。从这个角度来讲，香港虽然说很焦虑、很惶恐、很紧张，焦虑之后，过了一段长的时间，会有一种不管你怎样焦虑、怎样惶恐、怎样紧张，到最后还是船到桥头自然直、还是会解决的感受。所以，反而会有另外一番的镇定，能与内地的年轻人来分享、交流。

在马哥的印象中，内地人是很淡定的，只有香港人——不管是年轻人、中年人，还是老年人——才会焦虑，对各方面都很惶恐。因为香港生活压力大，特别是回归以来整个社会转变得很快，香港人生怕"计划赶不上变化"，无论做什么事都匆匆忙忙。走在中环、湾仔，没有人可以放慢脚步。谁要是放慢脚步，哪怕只是十秒钟，背后一定有人推你，嫌你走得太慢。香港人节奏快，心情也浮躁不安。不过，香港毕竟是个发达地区，香港人什么大风大浪都经历过——楼市价位很高，突然跌落；股市指数很高，突然崩盘。香港的经验，可以给内地的年轻人一些启示。

而当我把 2009 年内地的"年度好书"《蚁族》一书交给马哥的时

候，他立刻进入了状态。对于我们要讨论的主题"蚁族"，他很有话要说。

香港经济起飞是在 20 纪 70 年代，至 80 年代后期社会巨变基本已经结束；而香港的大学"扩招"（由两所大学变成八所大学）则是在 1997 年回归之后。两件事的发生有十余年的时间差。内地则不同，从改革开放以来，经济的快速发展时至今日都未停止；而大学扩招计划则是从 1999 年启动的。两件事同时发生着。于是，在内地，"蚁族"这个群体就应运而生了。

香港，由于不像内地那样有大规模的人口迁移，更不会像内地大城市那样有海量外地人口，加之房价巨高，即便是合租房子，一般年轻人亦是负担不起的，而香港又不时兴家长为子女付房屋首付一说，不少大学毕业生只好选择暂时与家人同住屋檐下，待攒够了钱再考虑搬走。以上种种客观事实，造成香港社会很难形成"蚁族"这样一个"高学历、低收入、聚居"的群体。

然而，正是由于香港和内地存在的这些时间和空间上的"错位"，才使我和马哥的对话更加有趣起来。我们的对话，就从香港"扩招"、大学生"贬值"说起。

香港大学生的"贬值"现状

许:我听说以前香港就只有两所大学,香港大学和香港中文大学,那时候毕业的大学生很"值钱",你能不能跟我形容一下"值钱"到什么程度?后来香港的大学"扩招",从两所增加到八所,大学生多了,自然就"掉价",那"掉价"到什么程度呢?

马:香港的大学两所变八所之后,其实贬值的不仅是大学生,也包括中学生。当年只有两所大学的时候,能够读到中六、中七(注:1999年以前,香港沿用英式学制,中六相当于内地高三,中七为大学预科),你也"值钱",也可以出来工作。你可以从基层做起,人家会给你机会。所以,这是一个骨牌效应,现在变成八所,全面贬值。

而且导致贬值不仅是两所变八所的问题,还包括很多来自世界各地的大学生都跑来读书。香港的大学扩大招生名额,吸引了外地的学生。这些人毕业之后怎么办,是留在香港还是回去?

现在很多人一开口就说"贬值"。可是我们看日本、韩国、泰国和台湾地区，他们读大学的人口比例，都比香港高；而且，政府投入教育的资金，也比香港高。不管如何，大学从两所扩展到八所，这是事实。大学生人口多了，只要社会吸收得了，就是好事，可结果又被人诟病说是"贬值"。我觉得目前中国内地的情况，从大学生失业率来说，至少我透过报纸看到的数据，应该不至于太高，大学毕业生不会找不到工作的；平均收入也没有太低，没有低于非大学生。

许：你说大学毕业生的工资并没有太低，这个说法与某些评论"蚁族"的观点暗合。有人说"蚁族"的不安是来自"相对剥削感"而不是"绝对剥削感"，你怎么看呢？

马：我觉得他们或许有相对的剥削感，但不是跟官二代、富二代等比出来的，而是跟他们自己比出来的，因为他们对前途的期待，他们对生活环境的期待跟现实有差距。

具体到香港，我举个例子：20世纪70年代初的大学生，他们宝贵，不仅因为当时只有两家大学，更重要是因为当时香港整个经济转型，从劳动密集行业转为服务业、创意产业、多媒体……这些工作，不是20世纪60年代、70年代的大学生的父母可以胜任的，是脑力密集型的，是需要技术训练的。上一代应付不了，很多位置就空了出来，年轻人就可以去做。而且，新的领域起飞了，只要你不是太懒惰，不是太倒霉，都能做好。其中一个重要的领域就是大众媒体：电视、电影行业。假如你有机会接触到香港的导演，会发现太多太普通了，有些人跟旺角随便找的一个老百姓有差别吗？为什么他能够当导演？只是因为在他那个领域里面，只要不得罪人，一定能熬出头。我们这一代进电视、电影界的人太幸运了。

可现在的情况是，除了两所大学变八所以外，同等学力的竞争者比以前多多了。另外，香港这 20 年的转型，速度实在是很慢的，什么创意产业、数码产业，全都是屁话。转型那么慢的情况下，前面的"老人"还能应付工作，不会有位置空出来。于是年轻人就会抱怨，你们老人家占着位置，我没位置。

我再举个例子，比方说香港的大众媒体，有转型吗？没转型啊。报纸还是照出，可是有几家报社花心思去搞网站呢？网站都是附属的东西。如果真的全力搞网站，报社搞转型，我老头子应付不了，我就退下来了，认了；但问题是没有啊，还是按照几十年前的样子做报纸，既然如此，凭什么我要退下来给你？讲文字，我不输你；讲学养，我多读了几本书；讲阅历，我多活了几年；讲人际关系、讲对新闻的判断、讲管理的经验……都比年轻人好，我干嘛要退下来让给你呢？

香港政府鼓励这些年轻人往外跑，包括去内地，如北京、上海等，也包括去国外；另外，香港政府也一直在摸索，希望打造新的领域，但都不成功，什么数码港、创意港之类的。香港的问题是：整个社会没

有转型。

许：除了社会的原因外，年轻人自身有没有问题呢，比如在心理方面？

马：说到年轻人的心理，我觉得他们对自己做的工作，或许投入了太多的期待。有不少朋友在饭桌上跟我说起一些故事，简直像笑话。

有的大学毕业生去当律师，老板叫他礼拜六、礼拜天来上班，他的反应是——马上辞职不干了！或者老板跟他讲，下个月的五号、六号、七号，我们要去上海开会，老板一讲完，那个年轻律师马上脸色大变，表现出一副很为难的样子。下午，老板就接到年轻律师的妈妈打电话过来："你跟我儿子说五号到七号去上海开会，不行，我们家要出去旅行啊！"很多类似行为暴露在老板面前的时候，老板不会再期待你能吃苦了。

不是年轻人应不应该吃苦的问题，而是年轻人根本不愿意吃任何的苦，把所有的事情都推掉。香港每周要上六天班，不像很多地方，只上五天。不过，香港的大学毕业生虽然面对这些问题，也不会有"蚁族"的出现。因为香港的房子那么贵，很难形成聚居，也根本没有农村，不可能办得到。

"蚁族"是一个蛮有趣的名词

许：我想听听你对"蚁族"这个名词的看法。

马："蚁族"是一个蛮有趣的名词。我蛮喜欢内地作家弄一些新名词出来，蛮像日本人的。在日本，不管是作家，还是企业机构，特别是一些跟广告行销有关的单位，他们每一年都进行一些调查，他们发觉社会上有某些人的消费行为有些趋同的地方，他们喜欢把这群人抓出来研究，然后去给他一个名词。比如以前流行的什么"新人类"，还有什么"草莓族"之类。日本人特别喜欢以这些人的消费行为来给他们取名字。这种事情日本很流行，现在中国内地也流行起来了。

至于"蚁族"，作者廉思带着一群人，去做了一个调查，发现大学毕业生，低收入，聚居在某个地方，他把这一群人称为"蚁族"。我觉得这是很有创意、很敏锐的观察。可是我看了这本书，感觉在调查方法上面，比较倾向于抓一些共同的现象，然后给他们一些名词，最终呈现出来，到此为止。我觉得，这个跟一般概念上的社会学的调查，还是有一些距离的。

许：何以见得呢？

马：假如说他的这个调查是很认真的社会学调查的话，想呈现一个概念，则需要有一个参照物。他的三个指标，比如"低收入"，那么什么叫"高收入"，什么叫"中收入"？又比如说"聚居"，那么什么叫"散居"？这些概念要定义得很清楚，然后再把这两群人放到一起，比较他们的行为，那这个"蚁族"的意义才能凸现出来。"蚁族"的收入有多低？他有比较吗？没有。他在书里轻描淡写地告诉我们说，他们的收入是偏低的，比一般人都低。一般人是什么人啊？低多少啊？低一百，低两百，还是低三百？有数字吗？我看了三遍，没看到数字。连这个最基本的定义都没有的话，你怎么说服我呢？

我读一段书中的话给你听："该群体是低收入群体，从事简单的技术类、服务类等等，还有处于失业状态，他们月均收入为1956元，大大低于城镇职工的平均工资。"到底低多少啊？然后说："也低于大学毕业生毕业半年后的平均工资。"低多少啊？你要有一个比较的数字，才能说明你是一个认真、严谨的研究。

还有，里面问很多人怎么看"性"，怎么看"爱"，怎么看未来，怎么看社会，都是去问受访者，好像做一个市场调查。意义在哪里呢？可能这个年龄层的人，不管你有没有读过大学，想法都是一样的。

因此我感觉，在这个所谓的"研究"里面没有参照。他只是一直告诉我，这群人是怎么样、怎么样。他自己去界定了一群人，然后自己去描述这群人，他没有办法告诉我这群人跟其他人有什么不一样。可能其他人也是一样的。假如一样的话，我们就不能说这些人和他们的生活状态——什么"大学毕业"、"低收入"、"聚居"——是有关系的。

这种境遇可能是全体中国人普遍存在的,对不对?大家都对前途不满,都对自己的明天忧心忡忡,都觉得家庭背景对工作的影响很大。无论是广州也好,香港也好,北京也好,你随便在路上问人,他可能都是同样的想法,跟"蚁族"无关。

许:假如如你所说,《蚁族》不是一本"社会学研究",那它是什么呢?

马:我觉得,《蚁族》只是一本很敏锐、很有创意的"社会调查"而已。

作者提出,社会上有一群人值得我们去关注。可是这群人到底需要什么,真的要去帮忙吗?我看不见得。他们可能是非常的快乐,因为他们的生活是他们的选择。"蚁族"自己知道,只要他回乡下,他可以有一套房子,不是说"宁要城市一张床,不要老家一套房"吗? 我看到这里的时候,说实话,我蛮羡慕"蚁族"的。做"蚁族"太好了,"蚁族"的快乐感比我高太多了! 我一旦放弃手头的工作就什么都没有了,而他们至少还有一个老家可以回去,还有一套房在等着他们,在香港是不可能的。

收入低并不一定代表在吃苦

许:有人质疑"蚁族"是个"伪概念",说社会上其实根本就不存在"蚁族"这样一群人,更不构成一个社群,是作者廉思故意将问题放

大。你怎么看这种说法？

马：概念本身并不存在真伪，问题是我们怎样让他变成一个有效度的概念。做调查、做研究，要讲究信度跟效度，假如都要成立的话，我们需要更多的证据，包括内在的证据以及外在的证据，才可能进行比较。

这本书起码勾起了我们一些问号，我们想追问更多：真的存在这群人吗？假如这群人就像你所说的对社会有这些看法，对家庭有那些看法，我们希望有更多的意义，有更多的讨论。我们期待作者，那么努力的作者，继续努力下去；以及其他的社会学家，特别是搞都市社会学的，去做更多不同类型的群体的研究。材料累积到一定量了，就可以做一个比较。我们也期望，掌握公权力的人正视这些问题，而不是像有些传说的那样，干脆把有些"蚁族"的"聚居村"铲平，那就太可笑了。

另外，我还听说这本书在成书过程中，在争取经费方面遇到了一些困难——我觉得不可思议。这本书的意义，不仅在于作者找了一群人对他们进行调查，更在于他这个调查项目的前前后后，所发生的事情，应该引起人们思考。为什么那么认真的一群研究人员，找研究的基金都有困难，是不是我们的学术研究制度出了问题呢？

许：我请廉思到杭州来做演讲的时候，他的演讲中倒是有很多数据的。比如，您刚才说的收入问题，我记得他当时是有说到北京的平均工资是多少，这些人低于他们多少，他有一个具体数字。但是在写这本书的时候，他还是有所顾虑，比如考虑到销量的问题——太多数字太沉闷——还是删掉了很多东西，然后加入了后半部分的"调查日记"。廉思拿着文稿去出版社的时候，跟编辑信誓旦旦许诺"我这本书包火"，结果编辑说"你别这么跟我说，每个人来我这里都说包火"。结果，他这本书还是自费出版的。但出以后，真的火了。

马：这表示两个错误：第一个错误，廉思的错误，他删错了，删了不该删的内容。即便为了市场考虑，也不该删那部分数据。假如不删或许市场会更好，因为更有说服力，不仅是一般大众媒体会讨论、炒作、关注，甚至学术界也会去研究，从而获得更多的学术研究市场。第二个错误，出版社的错误。这个现象常见，当年章诒和的那本《最后的贵族》，在香港被两家出版社退了稿，结果出版后大卖。

许：很多人给如何解决"蚁族"这个问题提了不少建议，你有没有什么好办法？

马：为什么要解决呢？就目前看，"蚁族"根本不是一个问题，它只作为一个现象存在。不是问题就没必要去解决。

许：那你同不同意唐骏说的呢？他说，年轻人就应该吃苦，就应该没钱,到三四十岁的时候,该成功的最后就会成功。

马:对于唐骏的说法,我不存在同不同意,因为根本没有什么好反对的,他说的也是事实的一面。

我不相信一个社会完全没有公平。假如你说完全没有公平,纯粹是看关系、看运气、看你会不会拍马屁——拍马屁也是一种本领啊!假如真的完全是看拍马屁的话,大学就应该教拍马屁,中学也应该教拍马屁,这是一种"游戏规则"。

对年轻人来说,一开始收入会比较低,可是不表示你在吃苦啊。吃苦是一种心理状态。我告诉你,我大学毕业出来的第一份工作,在当时薪水是一万八千元新台币每个月,等于四千块港币。我也是跟朋友合租一个房子,吃路边摊,五十台币一份,可是我快乐得不得了。这种经验每个人都会有的。

如我最前面所说,所有的都只是现象,并不一定表示是问题。我们首先要确定这个现象存在,然后再界定它是不是问题。

应该好好安置"庸才"

许:即便"蚁族"暂时只是一个"现象"而不是"问题",那么我们怎么界定它会不会成为一个"问题"呢?

马:我一直说,"蚁族"的概念由三个部分组成:大学毕业生,低收入,聚居。这三个元素之间怎么互动?这要呈现出来,其意义才能被看到。现在没有,作者只是不断在问这群"蚁族"有些什么想法,没有意义的。

法国当代最重要的社会学家布尔迪厄,他从很多角度做很深入的调查,比方说"文化口味",研究不同收入的群体:布尔乔亚怎么样、工人阶级怎么样、妇女怎么样;当时的社会文化消费行为是什么样的、中间的动力是什么……有互动,意义才能出来。所以,我一再说作者看起来蛮努力、蛮认真地在做社会调查,行为模式的调查,心理状况的调查……可是只有这些还不够,最后更要重新来看这些元素,哪个元素影响哪个元素,怎么样影响。社会学之所以成为社会学,关键在于这些步骤。假如只是让我们知道有"蚁族"的存在,坦白讲,你不用调查我们也能看到嘛,我们作为旅客,随便到内地去走走就看到了。

许: 跟我说说你看到的。

马: 我记得好几年前,有一趟去北京看一个很好的朋友,他是我在台湾辅仁大学时的第一个室友。宿舍一个房间四个人,四个都是侨生,两个香港的。后来他毕业了,去北京工作。我去北京看他,他叫了几个大学生朋友一起吃火锅,约好去一个地方集合。地点我已经不记得了,总之坐车还蛮远的。去到之后吓一跳。哇!一大群人在那边。我去厕所,一进去简直吐出来。其中一个朋友,坐在床边等着所有人集

合来吃饭。他看我很饿,就打开电饭锅,拿出放了两天的饭扔给我吃,难吃死了！非常难受。

　　许：虽然你这么说,感觉这些现象不仅是"蚁族"在面对,所有中国人都在面对。但是我觉得"蚁族"的境况和其他人又有点不一样,因为"蚁族"年轻,一般都是"80后",不到三十岁。五十岁的人面对这些问题,可能就认命了,反正半辈子都过来了,算了；但是"80后"还有未来的路要走的啊。你让一些"80后",在事业的一开始就看不到自己的未来了,这怎么行呢？

　　马：那就是"80后"共同的问题,而不一定是"蚁族"的问题。别忘了"蚁族"的定义：大学毕业,低收入,聚居。这三个元素是我一直强调的,我的社会学不是白读的哦。大学毕业,你告诉我,有什么了不起,特点在哪里？

　　许：但是,"蚁族"跟大学扩招有直接关系,这一点你应该是认同的吧？如果有关系的话,从时间上来推算,2003年出现第一批"蚁族"也是正常的。1999年内地开始"大学扩招计划",2003年第一批大学生毕业。我想说什么呢？唐骏说,年轻人该吃苦,到一定的时候可以大浪淘沙,会有一些人冒出来,这个观点是对的。但现在的环境跟以前能一样吗？以前人才少,岗位多。可是对"蚁族"来说,我们看到的是无数跟我们一样的大学毕业生，我们看到的是岗位不够多，年纪大的人霸占着岗位。我们的大学每年还是不停加大大学生的产量，我们怎么能爬到上面的位置呢？根本没有空间给我们。

马：这当然是值得注意的一个现象。扩招之后，国家用社会资源培养了一些大学生。既然是大学生，社会对他就会有一定的期待，他对自己的工作也会有所期待，当整个市场、整个社会不能符合、满足他的期待的时候，很多问题都会出现，包括浪费社会资源。培养了那么多人，却没有相应的工作给他们；或者说，有是有工作可以做，但是跟大学生的期待不符；再者说，变成了工种跟人力资源不配合，这些当然都是问题。整个社会发展的时候，工作岗位的计算，不能由长官意识来决定。

前一阵子讨论人才发展，国务院出来一个规划，要大力提高人才素质，包括培养人才出国读书，或从国外招徕人才等。现在才想起来，1999 年开始大力扩招，11 年之后才开始注意什么人才发展，中间的时间是不是太长了呢？

为什么我提到人才发展？因为国内经过了 11 年的大学扩招，其实已经累积了很多闲置的人才，应该也有一套好的方法，让他们发挥专长。

许：比如什么办法呢？

马：我谈一个我的说法。我这个说法听起来有点刻薄,但是我是很认真的。就是说：中国一方面需要人才重用；另一方面,也应该发展出一种制度来好好安置"庸才"。我不是开玩笑的。

为什么呢？因为中国的国情,种种历史的理由,几千年的"传统",社会上有很多"庸才"当道。我们确实需要一套"庸才安置计划"。我们心知肚明,在很多机构里,有不少"庸才"留在位置上。你想往上爬,或者说你想赚钱,是要靠关系、权力,于是大家都变成做"庸才"了。

要让中国发展, 要让真正的人才发挥才华, 一定要先摆平这些"庸才",把他们限制住。不是一脚把他们踢走,因为人家毕竟也是人,"庸才"也有人权的嘛；而是用一套制度,很公道的制度,把"庸才"的权力限制住,不让"庸才"坐那个位置。"庸才"自己不做事,为什么不让人才来做事？一天不摆平"庸才",一天留不住人才。因为那些人才如果觉得没有尊严,他不会留在这边工作。

我们再来看"蚁族",书里面提到有很多"蚁族"抱怨,往上爬也好,找一个好的工作也好,都需要背景、需要关系。从他们的抱怨中看得出来,他们一定也听过、看过、遭遇过很多不公道的事情。所以,他们就充满了怨气。要让他们没有怨气,让他们从"蚁族"变成"非蚁族",就要搞定"庸才"。

中国有"后发优势"

许：或许真的是因为内地这几年发展太快，我是指物质方面，我 2005 年到杭州读大学，那个时候，现在的许多问题——像高房价、蜗居之类——基本上都还没有出现。这些问题都是我在大学四年当中，亲眼目睹它们如何一点一点产生、蔓延开来的。本身我又是一个大学生，也看见身边不少朋友面临这些问题，他们的焦虑，他们的惶恐，我都看在眼里。

所以，我想通过我这个"香港人"的资源，请香港人来谈谈作为"过来人"，回头看这些社会问题，究竟有没有这么严重？需不需要解决？或者说，是不是只要我们习惯了，就没事了？

马：的确，你刚说的很重要，内地有许多问题很密集地在最近几年全面爆发出来，也因为中国用令全世界都非常惊讶的速度在发展，前阵子据说都超越日本，成为全世界第二的经济体了。中国用很快的速度来转型，社会主义的运作方式转而面向市场经济。你所说的许多问题，很多都是在这个大转型、大转变的背景下冒出来的，而这些也是香港过去几十年经历过的。

有人说中国的发展模式具有"后发优势"。什么意思呢？20 世纪 60 年代、70 年代，东亚除了中国内地以外很多地区，如中国台湾地区、香港地区，还有日本、韩国、新加坡等国家，都面对大的转型。他们

没有"先驱"的经验可参考、教训可吸取，只好自己摸索，一不小心就会失败。而现在的中国内地有"前辈"可以"请教"。"蚁族"这样的社会现象，是不少东亚国家经历过的。

我觉得假如你这本《我从香港看过来》有续集，不妨做完香港跑去台湾，同样的题目再问一遍：你们台湾是怎么过来的？你们台湾年轻人以前是怎么面对的？甚至你找个翻译带你去日本、韩国，都做一遍。

而且，我也想到有一个人类学家讲过，所有的研究从某个角度看，都是个人的传记。所以，你刚才说你有香港的学习、生活经验，你也是年轻人，你大学毕业没几年，这些问题也一定是你正在面对，或者说即将要面对的。能够出这样的书，对读者有帮助，对你个人，我觉得在这个过程中，可能也有些启发。

【采访时间】2010 年 8 月 20 日

【采访地点】香港城市大学中国文化中心

邓小桦：

所有拆迁都要跟幸福有关

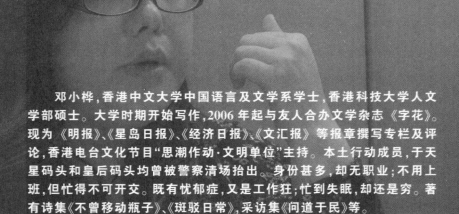

邓小桦，香港中文大学中国语言及文学系学士，香港科技大学人文学部硕士。大学时期开始写作，2006年起与友人合办文学杂志《字花》。现为《明报》、《星岛日报》、《经济日报》、《文汇报》等报章撰写专栏及评论，香港电台文化节目"思潮作动·文明单位"主持。本土行动成员，于天星码头和皇后码头均曾被警察清场抬出。身份甚多，却无职业；不用上班，但忙得不可开交。既有忧郁症，又是工作狂；忙到失眠，却还是穷。著有诗集《不曾移动瓶子》、《斑驳日常》，采访集《问道于民》等。

真正"完美"的拆迁,首先,咨询的工作就要越多人参与越好,咨询得到意见越多,其实对政策的制定就越有好处。对不对?

然后,社会越开放,人们就越多样化,意见也就越多元,没有办法统一。这也是我们需要咨询的其中一个原因。如果是做了充分的民意咨询的话,结果就应该不会在社会上引起大的反对。香港政府一般会做三轮民意咨询,但这是远远不够的。为什么不是十轮?

另外,在方案公开咨询期间,应该让更多人民看到、理解。如果那些文件只有英文,而且只有在办公时间才开放,又没有网上版,还放在一个很远的地方……这就不是一个开放的态度。

咨询的时间应该足够长,让尽量多的人看到,尽量去统筹不同的利益团体,去获取他们的支持,把民众的期望容纳到你的那个原有的计划里面,应该是这样子。

还有就是,也不能用一些很官僚的语言。你在拆旧区,那里都是老人家。还有,申述机制必须公开透明。在香港,你不满,你还能够合法地、自由地说出来。我们暂且不管说完之后,有没有人来管你。

如果是真的想要做得很好的话,不只是唯利是图的话,我觉得做起来其实并不难,你在咨询的过程里面,尽量吸纳别人的反对意见就可以了。

——邓小桦

邓小桦的淡定

2010 年 12 月 26 日，我在宁波，漫步于鼓楼附近孝闻路一带的小巷里，人文风景甚好。忽一拐角，看见墙上有一排小孩的涂鸦。平日里若是遇到这样的涂鸦，我一般会擦肩过去作罢。但是那一次，一个特殊的符号吸引了我，使我不禁驻足观看，扑哧一乐，继而拿出手机留了个影。墙上涂鸦画着什么？正是一个我们在全中国各地都能轻易见到的"拆"字，写得歪歪扭扭，外加一个不规则的圆圈框住。

都说孩子最擅长模仿，孩子的世界来自大人的世界，我过去心存怀疑，但在目睹这幅画面之后，对此深信不疑。当然从另一面讲，孩子的注意力不太容易集中，往往看过听过的信息转瞬即逝，除非用重复的方法不断刺激之，才有可能使其牢记。如此说来，这个画"拆"字的孩子，你猜他/她看过多少次原版的"拆"字呢？

2010 年 11 月，《财经》杂志给湖南省会长沙市封了一个响亮的名号："拆迁之城"（见《财经》2010 年第 23 期：《拆迁之城》，作者：张鹭）。文章读完之后我十分震惊——我知道中国的强拆可怕，但没有

想到如此可怕。作者盘点了 2006 年至 2010 年长沙市因拆迁而引发的"非正常死亡事件"。看着那张有名有姓有情节的"长沙强拆非正常死亡不完全档案"表，真是让人百感交集。例如——

2006 年 6 月 26 日，82 岁的沈晴宝，得知自己以"聚众扰乱社会秩序罪"被判四年有期徒刑后，病倒，卧床两日后死亡。

2008 年 1 月 8 日，70 岁的刘斌义在遭遇包括公安、城管在内的二百余人强拆时，被拆迁者推向房门，头部受创，当场死亡。

2009 年 3 月 19 日，65 岁的彭强，因拆迁办工作人员上门"做工作"，受到惊吓，随后自缢身亡。

2009 年下半年，40 多岁的任元满，因拆迁安置问题于家中自焚，为求速死，同时用刀片自残，被救后被安置在一家农村敬老院，2010 年春节前夕，上吊自杀。

2010 年 5 月 1 日，75 岁的文春祥，在东牌楼棚改项目中，历经九个月的断水、断电与精神恐吓等措施之后，于家中病逝。

……

在香港，我很少在报纸或者电视上看到关于拆迁的新闻。人们都说香港人守规矩守到"变态"，其实不仅市民如此，政府亦然。香港有一套非常完善的法制，每个人心中都一清二楚那条"底线"在哪里。所以和内地同胞相比，香港人可能更显呆板、木讷、官僚、不变通。同时，我的香港朋友们也不时对内地同胞的各种手段"深表钦佩"。且不说别的，你光看拆迁这一项。根据《财经》杂志记者报道，一位拒签征收协议的住户，曾经收到过这样一条短信："我们非常希望你把协议签了，对你对我们都是好事，四号后一切奖励取消，本应是你们的34728元将消失，并进入强拆程序，无论如何是不合算的。你们绝对低估了一个小小的区政府。"短信确是高效新潮的手段，但是政府的此种行事方式，让人颇感不适。如果是香港政府，大抵会老老实实地、不讲效率地寄公函给当事人罢。

当然，香港和内地情况不一样，一个发展成熟的地区，需要开土动工的地方相对较少。我的朋友邓小桦住在最近大兴土木进行重建的观塘区，所以，当我想到要找人来谈"拆迁"这个话题的时候，自然而然就想到了她。更何况，邓小桦前几年因为参加天星码头和皇后码头的保卫运动而名声大噪，一时间成为"文化界"和"保育界"的双料风云人物。聊拆迁，舍她其谁？

就在采访前两个月，香港就出了一起"严重"的拆迁事件，那是在紫田村。紫田村是一个有数十年历史的村落，三年前，政府要求收回土地改建公屋。从那时起，紫田村便经历了三年的拉锯式法律程序。在走法律程序无望之后，村民们又进行了两个月的反抗，与警察、拆迁队对峙。但是或许与我们想象的不同，这种反抗与对峙，并不那么激烈，更没有酿成任何流血冲突，双方在"友好"的气氛中进行了三场"和平的战争"，村民最终表示"愿意尊重法律"，离开了紫田村。

《南方都市报》记者在报道中这样回忆采访经过："记得第一次去紫田村采访，在网上查不到准确的交通路线。看到屯门区一议员的网志上贴着紫田村村民保卫家园的布告后，情急之下，给这名议员的办公室打电话。没想到这位议员立即回复：'你坐西铁到兆康站下，然后来我办事处找我，我带你去。'那天，30多摄氏度的高温。女议员陈树英陪着我走到紫田村。在烈日下，她没有打伞，顶着烈日暴晒不时地停下来向我介绍村子的历史，并介绍不愿搬走的最后20多户非原住民的基本情况。香港的警察也给记者留下深刻印象，大热天，他们穿着制服，而且一点也不粗暴，甚至很温柔。村民们在划定的区域对着喇叭喊口号、示威，他们则默默地在阳光下站在路边。偶有车子进入村中，村民或记者站在了马路边，没留意车子正开来，他们会用手挡着你，轻声说：'小心。'地政署、清拆队的工作人员虽然态度坚定，但并不粗暴，劝说居民也是语气柔和。"

可是，这么温和、文明、礼貌，仍旧不能让邓小桦满意。在她看来，紫田村其实是可以不拆的。她说："紫田村我们就是介入得太迟。香港人不懂，其实现在我们所有人都在被逼迫。紫田村不是一个单独的村落，她的命运和所有人息息相关。要是我们能够联合起来的话，政府没有那么容易收到那个地。政府的策略是，让你逐渐孤立。他们不是只来一次，他们来了三次。其实他第一次来的时候，就已经预计到会有第三次。前两次，根本就是来吓唬你，意思是说，我是来吓你的，不是来劝你的，我也知道我吓你需要一个过程，你的意志是要被逐渐击破的。这是一种管制的'智慧'，也是一种管制的计谋，比较狡猾一点。"

当我们把香港作为楷模来学习的时候，"先行者"香港早已把目光放向更加广阔的世界。不少像邓小桦这样的香港人，不是关起门来敝帚自珍，慨叹香港是"世界上最美好的城市"之类；相反，他们总是觉得香港做得不好，做得不够。他们除了有一个纵向的坐标系（拿现在和过去比）之外，还有一个横向的坐标系（拿自己和别人比）。仅有前者，容易自大；仅有后者，容易自卑；只有当两个坐标系同时发生作用时，才能走得正。

所以，在访谈过程中，邓小桦不止一次强调："我明白内地常常觉得香港是一个窗口，就希望用香港去影响内地。但是从我的角度看，我是不能完全同意这个说法的。其实在香港，你说市民的公民权究竟有多大呢？和东京、纽约、伦敦他们拥有的公民权怎么比？人民有权去做一些决定，才会令政府去考虑什么是人民生活幸福指数。假如内地同胞真要学，我建议不如学得更远一点。"

邓小桦的自我批判精神弥足珍贵。实际上，我觉得在"大国崛起"的背景下，中国内地现在亟须建立的，就是这种自我剖析的精神。

末代港督彭定康，曾经在就职演说中讲了一段颇为客观而且动人的话："香港能成为伟大的城市，并不是因地利而幸致，而是因为拥

有珍贵无比的资产。在这个健全行政架构和法治社会中，香港市民生活、工作和共享繁荣，他们积极进取的精神，充沛的活力和干劲，不断的努力，就是香港弥足珍贵的资产。"

没错。如果说今天弹丸之地的香港，还能称得上是中国社会的"榜样"的话，靠的就是彭定康口中的"弥足珍贵的资产"。我们理应对香港的未来怀抱信心，她是中国公民意识、法治、民主等的先行者。过去是这样，现在是这样，将来也是这样。

收楼与守楼的博弈

许：香港在20世纪60年代和20世纪70年代，曾经经过一个高速发展的时期，那个时候是不是也拆掉了很多旧城区？你有没有听长辈说起过那段往事？

邓：其实当时发生的那些事情我们现在都不容易知道了，因为没有一个比较公正的社会史会把这些东西记下来。比如说，我现在都不太记得年份，香粉寮、粉岭的打石湖村屋、九龙城的何家园石屋、黄大仙的大磡村，这些都是比较近一点的，它们都是一些寮屋、村屋、石屋。这些房子，都是在当年那个城区还没有完全现代化的时候，一些穷人用来安居的地方；政府因为要收回那些土地，就要把他们赶走，然后把那个地方拆掉。

许：有没有"钉子户"出现？

邓：比较少一点。当然是有很多人拒绝搬走，主要是觉得收地的那些过程还是不公平吧。通常这种时候会出现的情况是，一个住户会把一个石油气罐拿出来，然后放在马路口，说："你不要逼我！"最近我们在紫田村 那边看到的还是这样子，因为生气的时候你觉得你无路可退嘛，所以就只能选择做出这样的反应。

许：现在观塘在进行旧城区改造，也在拆迁。你就住在观塘，是当事人，我想请教，就你的观察，香港拆迁是什么状况？

邓：我是从一个比较远的角度来看的，基本上就是因为政府在卖地，它才能有一定的收入，整个市区重建就是为了这个目的。我最近在看一本书，叶荫聪写的《为当下怀旧：文化保育的前世今生》，他就说，基本上以前"土发公司"（土地发展公司）也会这样收旧楼，然后改建成新的楼房，但是他们的效率不高；所以，1998年成立了"市建局"（市区重建局）之后呢，就开始比较大规模地拆掉旧城区，把它建成所谓的比较"贵族化"、"士绅化"的建筑去卖。在这个过程里面，首先他们会计划一个地区，这是一个与政府有关的行为，虽然市建局只是一个法定机构，但是，它做这种事情是政府在后面用法律和行政给他们权力的，所以它们是利益共同体，你可以说这个趋向本身政府有在支持。市建局会收回一些地区，划定这个区要重建，然后他们就会告诉你什么愿景啦之类。

许：居民会收到一份"通知书"吗？

邓：居民会从电视上、媒体上知道，说这里将会建成什么什么。然后就一户一户地去收地权，等收齐后，一整栋就变成市建局的物业了。在这个过程里头，当然就有很多讨价还价，有的人会觉得赔的钱太少，根本没有办法再买回与现在所住水平相当的楼；可是收楼的人当然不这么看，他们会在外面放风说："我们已经给了他们很多钱，这群人是贪得无厌。"以前的情况是，我们比较少看到有人会说："我不要钱，我只要我的家！"——就是刚才说的使用"石油气罐"的那些人。其实社会上一直有这种人，但是在香港，他们是少数，所以就会感觉有点不利。然而，市建局会把拆迁这件事，宣传成一个"利益交换"的问题，而不是"文化议题"。实际上，市区重建应该是一个"文化议题"，因为它是一个关于人怎样能活得更好的议题。有很多楼房或者建筑物，它的质素本来就很好，可能把它重建成商场之后，它的质素反而会下降也不一定。现在我们香港变成了楼价和你的居住质素不对等的情况，你住的地方根本不算好地方，却被当成"贵族化"的地方来收钱——香港人觉得不太对啊！

许：跟内地一样。杭州房价也很贵，最偏僻、最便宜的房子也要一万多一平米，随便买一套，就要一两百万。

邓：一万多一平米，那很便宜啊！跟香港差不多。但关键是，你们买房子一开口就是100平米，我们一开口只是30平米，单价可能差不多。香港现在的问题是，你新买的房子的质素可能还比旧的更低一点，把好的地方拆掉了，建起来的地方根本不好，甚至更差。

许：甚至更差？

邓：对啊。

我想继续讲前面那个问题。拆迁变成一个讨价还价的过程，市建局就慢慢收，把那个楼房的业权收起来，一家一家地累积，累积到一条街（你看到那个重建的程序快完成的时候，整条街都钉着一块牌子说"此乃市区重建局物业"）。当它收完之后，它就把土地整块卖给发展商。本来每一栋楼都是独立的，这样等于是重整了它们的业权。发展商买下来后，建更加贵的物业。在这当中，市建局是一个赚钱的过程，我用便宜一点的价钱去收你原有的居住的地方，再卖给别人，中间我是要赚一点钱的；到那个发展商的手中，他赚的钱更加多，他建出来的那些楼，肯定会比原来的贵很多很多。所以，新楼一定会贵。但你说，这么贵的房子是不是一定更好住了？也不一定。因为这个涉及"什么是好生活"的问题，这个可以慢慢谈。在市建局收楼的过程里头，从开始收，到真正收到所有业权，可能就会有不同程度的抗争。小一点的就说："你收楼的价钱这么低，我怎么生活。"这是小规模的；大规模的就会一群人结集起来，然后组成一个关注组，团结起来向政府去提一些要求。政府当然不会让你这样，他就会想办法分化你、孤立你，然后大家打一些"论述战"。政府的手段很多，最简单的就是完全不理你。你去找他，他就"嗯嗯嗯"敷衍了事，不断重复那句话："我们已经为住户提供了最大的利益了。"

▌所谓"文明的暴力"▌

许：那最后呢？要是最后还是有人抗争，他会强拆吗？

邓：我想，因为那个抗争其实是很不对等的，他们也不会马上在你面前全部拆掉，那个过程就是我们说的"文明的暴力"。文明的暴力是什么？就是他想办法让你觉得你自己很弱小，根本不可能和他斗。比如说，政府去收菜园村，他们就是一个小村子。你知道，香港的地权是很有趣的，因为它曾经被交到殖民政府的手上，但是殖民政府的统治会和原居民产生很大的摩擦，所以，他就会对原居民"很客气"，香港本身是一个"难民城市"，他们就会乱住，殖民政府也就默许他们住在那里。

许：战乱时来的内地人，他们可以随便找地方住，比如调景岭，

就是国民党老兵的聚居地，原来叫"吊颈岭"，后来有人嫌这个名字不吉利，就改叫调景岭了。

邓：对。有的人或许来得更早，因为早年中国不断经历战乱，所以不断有人逃难来香港，人们都是乱住，早年的政府又不想去大规模地调动他们。香港的所谓比较好的居住系统"公屋"其实也是20世纪70年代才建立起来的，它本身已经是一个供不应求的系统，所以政府也不想管这些乱住的人，就让他们在那个法律的夹缝里头生存。于是，他们一住就是40年、50年、60年……直到突然有一天，政府说："我要收回你的地方，因为我要用这块地做别的事情了。"

许：菜园村就是这样被拆的吗？

邓：差不多都是这样。他们的"原居民"，其实是很少是真正的新界人（殖民地政府来之前就已经住在那里的人），大部分都是难民。从番禺、顺德、南海那边来的农民比较多，最早的那些原居民和他们的关系也还好，就把地租给他们住。租着、租着，那块地就变成难民的了，用一个比较便宜的钱买过来就好了。所以，那些难民理论上是买了这块地的。但是在业权上，他们又不是原居民，政府就不怕他们，因此在收地的时候很高调，政府觉得你没有业权。

许：有点像内地的"小产权房"，就是农民盖的房子，他卖给你，你只有这个房子的"使用权"，并没有"产权"。

邓：对，差不多就是这样。但是你想想，那些原居民本身，他们可能离开了那个地方好久好久，你说他们是拥有这个地方的业权吗？好像也有点牵强。某种意义上讲，他们只是"地主"而已，真正需要那个地方去生活的人，是菜园村村民这样的居民。而且，菜园村的情况是，村民特别喜欢那个村子，特别有归属感，他们把那里看作他们的家园，并且是跟城市人不同的"家园感"。因为作为城市人，你到底是可以随处随时移动的。但是，菜园村人他们是农民，他们觉得他们跟土地的关系很近，不想离开。所以，建高铁对于他们来说，更加是一种"暴力"。因为计划中的高铁经过了他们的村子，为了建一个车站，就要把村子拆掉，村民当然不愿意。这件事情后来引起了社会大众的注意，尤其是年轻人的注意——不知道为什么，这也是一个有趣的地方，年轻人很支持他们，他们很支持这种另类的"生活实践"。年轻人觉得："为什么有人想住村子，想要种地，政府却不让他们种地啊？"

许：2009年底的时候闹得很厉害，有不少市民在立法会前面静坐、示威，对吗？

邓：对，闹得很厉害。因为太多人支持他们了，菜园村2009年12月开始就慢慢结集力量，第一次只有1000人，第二次有3000人，第三次就有10000人！他们的人数是几倍几倍增加的。在这个过程里，引

起了很大的所谓"统治的危机"，政府很害怕。后来，这件事情没有发生任何血案；但是因为有了反对的声音，政府就觉得在处理菜园村问题的时候，要尽量文明地处理。

为什么香港政府能做到"文明拆迁"？

许：我觉得很有意思，为什么在香港，闹得再激烈，最后还是不会闹成血案；但是在内地，却很容易起冲突？

邓：因为香港人从整个社会来说，大家比较不愿意冒险。这是"难民社会"的其中一个创伤，大家都是"走难"下来的，保命最重要，对不对？人民就是这么想的。而从政府方面来说，他们到底还有一个所谓"西方民主社会的基本训练"，要是很多人来反对你，你的政府的"合法性"会有危机，是一件很羞耻的事。香港政府有一点点这样基本的羞耻心，但是和法国、德国没法比，也只是一点点而已。

许：2010年9月9日，香港这边拆紫田村，没有发生暴力事件；第二天，9月10日在江西抚州拆迁，又发生了自焚事件。拆迁队进那些村子的时候，他们往往就会跟居民说："你们不要以卵击石啊，没用的！"在香港，"以卵击石"有用吗？

邓：也没用，只不过是文明一点的暴力。他们的逻辑是，一开始就给你绝对的实力的对比。好比说，我要拆六个人的房子，我这边有300人，它在"开打"之前，不战而屈人之兵，我根本就不用跟你打，因为你站在这儿就知道你输了，怎么还会开口跟你说"不要以卵击石"呢？你要开口说这句话，肯定就是我跟你的差距不太大嘛。我不知道内地政府有没有想过要避免冲突，香港很多冲突都是避免掉的。所谓"文明"，就是"施暴"间接一点；要是太直接就会死人，那到底还是难受。这是整个政府的"习惯"问题，他们要治理好这个地方，民意不能够太过低。对于他们来说，民望是一种要照顾的东西，如果他们民意的支持太低的话，虽然没有什么实质的影响，但是面子上过不去。

许：你说香港人不太愿意冒险，那是不是每一次基本上还是老百姓让步？

邓：也不一定，永利街最终就保留了一部分。但是那时候，他说永利街不拆的同时，有一个很可怕的条例通过了，那就是《强行拍卖条例》。这个条例降低了强行拍卖条件，举例说，以前一栋楼有十户人家，政府收了九户，就可以牺牲掉十分之一人的利益，强行拍卖整栋楼；但是这个条例将标准降低到八成，也就是说，有两成业主的利益要被牺牲掉。所以，我们表面上看起来好像是永利街保住了，但是另一方面，会有更多的业主陷入到这个危机里头。

许：永利街保住是不是跟《岁月神偷》也有关系？

邓：当然，和《岁月神偷》有很大关系，也和之前整个文化保育的风潮有很大的关系。《岁月神偷》是一个意外。

许：你之前说年轻人参与到"保卫菜园村"这件事情里，你也觉得很奇怪：为什么会有这么多年轻人参与进来。那么，你有没有想过究竟是为什么？

邓：是年轻人对资本主义生活的一种反驳和反动。怎么说呢，其实过去香港的年轻人都很乖的，乖乖地念书、上学读上去，就会有一个比较好的结果，慢慢往社会上游爬。但是近年好多人发现，乖是没有用的——你听话也没有用，不听话也没有用，都是没有机会。所以，他们就借助菜园村事件来发泄情绪。

许：最近很多人都谈到"社会结构僵化"的问题，年轻人根本没有机会上得去。但是，我有一次被老一辈人问到，他觉得城市要发展，拆迁是必需的，他就搞不懂年轻人为什么要去反抗。

邓：大家经历不同。

许：我的回答是：你有没有去看过南京大屠杀遇难同胞纪念馆？里面有八个字：可以原谅，不可遗忘。就算我们承认"发展是硬道理"，我们可以"原谅"，但是我们不能"遗忘"一些老的东西，我们的抗争就是表示我们不愿意"遗忘"的一种方式。到最后，要拆的还不是拆了，天星码头也拆了。但是，你们必须允许我们去表达不满。

邓：可以说得通。但是我们，要抗争就来真的嘛，没有想着要让他们拆啊，文明没有"必败"的决心，我们是想胜利的。

许：你有没有参与到"保卫菜园村"的运动中去？

邓：菜园村那个运动我参与得比较少，我介入的主要是天星码头、皇后码头的保卫运动。

许：介绍一下你的经验。

邓：好。一开始的时候，突然知道这个码头就要拆了，大家本来就是接受，因为香港人很容易接受一些事情。因为这个码头其实不是属于任何个人的，没人想过要保卫它。后来在网上，慢慢发现很多人很喜欢那个码头。于是，有一些艺术家就长期去那里做一些行为艺术，把那里当成一个表达的空间。然后，大家发现其实可以停止这些拆迁工程，我们有这个力量组织它，可以停止它。所以有一天，一群年轻人，也包括我，就走进了天星码头的工地，蹬上推土机——这也涉及一些政府的"文明条例"，只要有人一蹬上推土机，那个推土机就不能够再运作，因为不符合"安全条例"，那个工程就停止了。当时我们一下子发现，原来这个行动是很有效的。有效的意思是说，过了一晚之后，有很多人都走出来说："其实我也不愿意天星码头被拆掉！"于是，一股力量就形成了。那个行动，后来就被我们誉为一个"可能性"的行动，告诉大家"这样做是有可能性的"。在很短的时间里，聚集了很大的民意。这就是"保卫天星码头"的故事。但最后，天星码头还是强拆了，但是为了强拆，政府付出了很大的代价。

许：付出什么代价？

邓：就是舆论的代价，民望的代价。政府的形象破坏得很厉害，我们这些"反对派"相反得到了很多的支持。这件事之后是"保卫皇后码头"，规模更大，时间更长。皇后码头后来聚集了一些人在那里露宿，把那里当家，把它变成了一个很自由的公共空间。你知道在香港，比如我们现在要在这个商场里席地而坐，是一件不可能的事情，会有无数人来阻止你；如果你要在街上和人站下来谈话，也是很困难的，因为整个城市不让你停留。但是当时他们在码头做的事情，就是不停地讲座、读书、喝酒、玩音乐……把那里变成一个停留的地方。这些我们平时觉得应该在家里做的事情，在一个公共、开放的空间做，这个实践意义很大。那个时候他们在码头差不多住了两三个月，最后是被警察清场抬出来的。我们之前还有许多演练，比如说，如果你要来抬我，我要怎么让你抬不走，那个课程还是我带领的。然后在知识层面上，我们在回顾历史，重新思考什么叫殖民制度、什么叫回忆、什么叫公共空间……皇后码头事件的意义很大。

"所有拆迁都要跟幸福指数有关"

许：你老觉得内地的一些评论家，是不是过度美化了香港政府？比如2009年9月的《南方月刊》说："香港的拆迁不是看中了哪块旧街区的商业潜力最大，而是看哪些旧街区居民居住环境最差，才要去拆迁。在这座城市，拆迁关联着居民幸福指数，决定着城市的吸引力，而唯独与GDP无关。"你觉得这个他说得对吗？

邓：说得不对。因为不管是香港还是世界其他任何地方，拆迁肯定跟GDP有关，问题在于它与居民的幸福指数到底有多少关系。这与当地的市民拥有的公民权有多大，有绝对的关系，应该是这样看。政府为什么要拆迁呢？因为它想通过拆迁去令GDP提高，但是人民并不一定需要这一点。居民会觉得这里要建成什么样子，这和我的生活幸福指数有关，所以这两者之间可能会出现一个冲突。人民想的"好生活"和政府想的"好生活"可能不太一样。你作为一个市民，可以懒懒散散，聊聊天，楼下有个夜市，住附近的都是我的朋友，就好了；但从政府角度来看，要是你的邻居你全认识，那么你们就可能比较容易联结起来，暴乱了怎么办，对不对？所以，他们在拆迁和重建的过程出现

了高楼大厦，把人分隔开，这个是方便他们管制的。拆迁是一个城市大规模的变动，个人在拆迁里面，会觉得自己完全无力。整条街要重建了，凭什么我觉得我这一户能存活下来？

我觉得有一个观念，就是香港人在比较正面、积极的时候，会觉得我的幸福生活我是可以掌握的，这一点有助于建立一个公民社会。正是有一种这样的对立，才令部分的钉子户，或者是反抗的人，他们突然有一种自信——我觉得什么叫幸福生活，我可以掌握，这时候公民意识就出来了。这其实是一种公民意识，他一个人相信我要过怎样的幸福生活，应该要由我自己去决定，起码不是要由一些地位比我高的人来告诉我。这一点，就是公民权利的萌芽，我觉得。至于内地和香港为什么会有差别，大概是因为大家对"文明"的理解不一样。对香港来说，文明的意思就是指：为什么要谈幸福指数呢，为什么要谈城市吸引力呢？因为文明不只和有钱有关，还是有一点文化的背景，还是要给你一个对未来的愿景。在香港，有钱人不总是把"我有很多钱"挂在口边，有钱人可能不太谈钱的，因为他已经够富裕了。

许：还有一个，可能香港"原始积累"的过程已经过去了，所以会考虑一些其他的东西，比如说当他拆迁的时候，他或许真的会想：这房子的供水系统不是很好，或者这个街道旁边的垃圾清理环境不是很好……真的会从这些角度出发，考虑这个地方是不是要拆迁。

邓：会有这个考虑。理论上所有的拆迁，其理想都是为了改善市民生活，增加GDP是一种次要的考虑，对不对？因为如果GDP增加了，但是人民的生活没有更加幸福，那GDP增加了干什么呢？这个我们都是这样想的。国库不是国家拥有，国库应该是我们人民共同拥有的，我是这样理解GDP——采之于民，用之于民。所以，我是觉得所有拆迁都要跟幸福指数有关。

但是什么叫"幸福"呢？什么样的环境下叫"幸福"呢？香港现在是在一个"后资本主义社会"中，所谓"幸福"的东西，它不只是一种豪华、大气、辉煌……的东西。现在我觉得，老实说，香港年轻人的口味都已经是"历经沧桑"了，我们就喜欢"真"的东西、"旧"的东西；要有时间的痕迹、要斑驳；我们要波西米亚，要废墟美学；我们喜欢限量，不喜欢大规模制造，不喜欢人人都用的牌子……一个社会在资本主义发展到晚期的状态，理论上文明进程会比较高一点。我觉得内地现在也有这种人，不过可能还不是主流。真正谈居民的"幸福"，当然有一些非常具体的指标。比如说，冷热水要好，要令老人家可以方便行动，要对残疾者是友善的环境……我们常常谈一个东西叫"社区网络"，就是说你觉得住的地方很幸福，你对那里有认同感，你对那里有"根"的感觉。这个感觉如何建立呢？就视乎你和周围的人的环境。我觉得，如果你住在一个非常冷漠和陌生的社区，是不会有幸福感的。

香港也会遇到一个问题：这个地方一定要拆，因为那个旧楼的

情况真的很差。但是我们会问："为什么我们不可以保留某一些东西？"香港"市建局"也有一个部门负责"复修"的，比如说那栋大厦不一定要拆，如果业主对那个地方有认同感，就不需要重建，可以修复，弄得漂漂亮亮。这也是一种进步，不是所有东西一不喜欢就要拆掉。我知道内地是有这个情况，建成了十多年就爆破掉，全是"非正常死亡"。这种想法其实挺恐怖的——为什么我们地球上建了一个东西，花了很多力气、心血、资源，然后拆掉他们，变成废料。我看那些爆破的图片，以前它们是多么漂亮，爆破之后全部变成灰尘，产生多少污染啊？我现在在观塘，它在拆楼，空气质量很差，谈何幸福？

┃作为拆迁目击者┃

许：接下来你的房子也会被拆掉吗？

邓：我还不是业主，所以也没有人要来拆我的房子，我是租的。

许：置身其中你有怎样的观察？

邓：现在香港有一家地产公司，真是很糟糕，他专门收钱帮人收旧楼的业权。但是他收起来的时候，方法非常"高调"，把你家贴满了他的那个贴纸、横幅。我曾经住过的旧楼里面，曾经出现过他的一封信，基本上就是"威逼利诱"。你从来没有收过这样子的公开信，突然贴在你的房子里，上面写着这类内容："有些业主贪得无厌，所以这次回收又不成功了！"简直就是"黑社会"！你干什么要贴这个东西在我家？因为现在强拆的门槛降低了，这种公司就越来越大行其道，他只要搞定八成就可以了嘛。他们会在人家楼房里贴一个超大的横额说："恭喜已经收钱的业主！"非常霸道。这种手法会给你一个感觉，在一个重建区里面，好像很多东西都想赶你走；久而久之，你就会想："好吧，我有钱拿，我搬去别的地方！"

许：这也是"冷暴力"喽？

邓：对啊，冷暴力。所以，重建的地方，首先经济会变萧条。比如观塘这边，街市本来很有活力，我也很喜欢去，叫裕民坊街市；但是在开始重建之后，封了很多商户，那条街就变得很破落。另外，在拆的时候整个区很乱，没有秩序。比如说，我在我家附近没有办法买到米，因为它的那些铺子换来换去，不知道搬到哪里去了。很多剩下来的吃饭的地方，东西都很难吃。因为每一户商家都知道自己不可能长久经营下去，所以他就不认真做，也不喜欢做，要什么没什么。最近这几年，香港也有一些老铺要结业的故事。因为香港是这么一个重商的地方，你一间铺子能开50年，这是很大的事情，一定有某些厉害的地方才可以做到，有一些门道。另外，老铺又会有它自己的一套伦理道德，这和现代的商铺又有些不一样。

　　许："市建局"的董事会主席张振远说，香港能做到"和谐拆迁"的原因有三：民意征求充分、拆迁赔偿合理、申述机制公开透明。你怎么看他讲的这三点？

　　邓：如果在香港的语境来说的话，这三点完全是错的。但是他可能是跟内地的政府比，那他就变成"对"的了吧。可能相对于内地来说，香港的官员可以说："哎，我已经咨询你三次了！"他觉得那就是很充足的咨询了。内地如果觉得香港好，那是因为内地一切"从零开始"，才体现出香港的这点"优越性"。如果大家不喜欢学英国、美国、日本的话，那就学香港吧。

【采访时间】2010年11月10日

【采访地点】香港观塘apm商场百泷餐厅

林奕华：
时代不鼓励思考造就"剩男剩女"

林奕华，话剧导演，生于香港，14岁开始写作，读中学时就已为丽的电视（亚洲电视前身）及TVB担任编剧，毕业后与友人组成前卫剧团"进念·二十面体"，担任艺术统筹，并参与了共同创作的剧目数十余出。1989年至1995年在伦敦居住，期间组成"非常林奕华舞蹈剧场"。1994年凭《红玫瑰与白玫瑰》获台湾金马奖最佳改编剧本奖。担任香港大学、香港浸会大学、香港演艺学院等校讲师。在内地出版有"等待香港"系列三部曲：《永远的香港人》、《香港制造》和《我与无线的恩恩怨怨》。

淡定的相反是什么呢？淡定的相反应该就是焦虑吧？焦虑这个东西很好玩的，因为焦虑已经变成现代人生命中一个很重要的主题了，不然的话就不会有《绝望的主妇》啦。

焦虑到底是哪里来的呢？我个人的经验是，焦虑其实就是"不利感"，就是不管你做什么，其实你都不会达到目的。你老是觉得，自己在一个不对地方，跟不对的人发生关系；但是，又不知道怎么做才是对的。

那么，"不利感"又是怎么来的呢？我觉得，我们现在很多时候都是拿别人的"对"来当成自己的"对"，而没有机会去看看别人的"对"是不是真的适合自己。我们活在一个穿别人的衣服、穿别人的鞋子、讲别人的话，然后，再用自己的躯壳和灵魂去扮演别人的时代。不过你知道，你心里还是有一个自己的，只是你没有办法很清楚地去跟他对话。

你心里的那个自己，也许就像一个小孩子吧。因为他总是活在别人的身体里，别人的价值观令他不舒服，所以，他一直捶地板、一直哭、一直呐喊。我相信，他的声音你是听得见的，你是感受得到的。但是，你的人还是活在所谓的"对"的别人身上。于是，就造成一个非常分裂、不安的状态。

我们要找一种方法去释放，让那个小孩子好好地成长，而不是把他越压越小。你知道他在哭，你不能把他的嘴巴封起来。他不会因为你封住他的嘴巴就停止生长。

所以，我觉得这些焦虑很大程度上来自：我们太没有自己。

——林奕华

林奕华的淡定

如果只用一句话介绍林导，我通常会这么说："他是我们这个时代流行语'同志'的缔造者。"听者闻之，便好像日本人一样诧异地"哦——哦——"起来。

然后我继续说："记得有一次他在凤凰卫视'锵锵三人行'节目中如是说，'我在80年代的时候来北京，有一个很大的冲击，就是有一天我看到有两个公安，冬天，穿着厚厚的那种绿色的军装大衣，戴着帽子，很帅气，非常的高大，然后两个人拖着手，一个衔着一根烟，然后就看风景，另外一个呢，在看橱窗，好像一个拖着另外一个人，等他看橱窗，看得不耐烦了就把他拉一拉，然后两个就拖着手往前走。'主持人窦文涛听了说，'这很正常啊！'林导说，对香港人来说，男男牵手是非常不正常的，那时候他听内地人与人之间都喜欢互称'同志'，好有趣，于是就把同性恋翻译为'同志'了。从此，'同志'一词，便在政治之外，多了一重娱乐的含义。光凭这一点，林导就应该在历史上留名。"听完这一大段介绍，听者又一定会好像美国人一样夸张地

"哇——哇——"起来。

"同志"一词，仅仅是林导生平一个小小的创意而已。最难能可贵的是，林导从来不避讳谈起自己的性取向，他本人就是一名"同志"。林导从 1989 年在香港艺术中心策划了第一届"香港同志电影节"开始，便一直担任该影展的总监长达九年之久。

以上那种浓缩式的介绍一定不足以介绍林导。实际上，很多事情都与林导有关——

比如电视，林导读中学时就已为丽的电视（亚洲电视前身）及 TVB 担任编剧，写过《世界名剧选：弥》、《职业女性》、《追族》、《强人》、《甜姐儿》、《孖生姊妹》……

比如电台，主持过《拖男带女 Love Actually 之"非常林奕华"部分》、《文字影院 II》、《我爱你爱电视剧》……

比如电影，他执笔改编的电影剧本《红玫瑰与白玫瑰》（原著张爱玲，电影由关锦鹏导演）获得 1994 年台湾金马奖最佳改编剧本奖。

比如文学，林导笔耕不辍，专栏遍布神州大地（虽然他跟我说，他写文章很慢，往往要花一个晚上才能构思出一篇千字文）：香港、北京、广州、上海……书一本接一本地出："等待香港"系列（港版）：《青春篇》、《女人篇》、《文化篇》、《娱乐篇》；"娱乐大家"系列（港版）：《电影篇》、《明星篇》、《文化篇》、《电视篇》，汤祯兆赞他是"明星写作第一人"……

比如话剧，从 20 世纪 80 年代的《教我如何爱四个不爱我的男人》到 90 年代的《幸运曲奇之三国演义》《爱的教育》再到新世纪的《包法利夫人们》……最近几年，他与张艾嘉合作，陆续推出"城市三部曲"：《华丽上班族之生活与生存》《男人与女人之战争与和平》和《命运建筑师之远大前程》……

我简直数不过来要用多少个省略号，才足以概括林导的身份。

林导就是这么坦率，爱憎分明。你看他写的《我与无线的恩恩怨怨》，批评起 TVB 来六亲不认，毫无情面，一针见血，单枪匹马，直指死穴。他说 TVB"毒害"香港市民，用山寨的电视剧糊弄观众：美国有《仁心仁术》，香港有《妙手仁心》；美国有《洛城法网》，香港有《一号皇庭》；美国有《甜心俏佳人》，香港有《男亲女爱》；美国有《绝望主妇》，香港有《师奶兵团》……

他不仅骂 TVB，同时也顺带揶揄观众。按照他的意思，TVB 电视剧之所以受万众追捧的真正原因，并不是它拍得有多好，而是因为 TVB 电视台是个免费的电视台。——免费，正是香港人的死穴。凡事只要不收钱，香港人就趋之若鹜。TVB 利用这个平台，三四十年来输出了无数"香港主旋律"的价值观。比如，告诉观众："一个人的力量是不能改变什么的。"又比如，一个劲地鼓吹"怀旧"（不断翻拍金庸）和"娱乐"（在香港被称为"烂 gag"的低俗搞笑）。林导对这两种价值观的批评一针见血。

对于"怀旧"，他说："（香港的电视观众）只能接受'怀旧'是消费主义时代情感的唯一出路。……（电视剧）当年尚被允许的缓慢节奏让人物的情感和彼此关系有足够的篇幅发展成'戏'。而在今日，'戏'早已由情感的凝聚变成情绪的爆炸，观众再不欣赏编导如何引导观众进入人物心理与情感，却是追求一场比一场强劲的发泄，而不惜摒弃逻辑和情理。"人们"怀旧"的真正原因不是过去有多美好，而是审美观念被彻底改变成肤浅的了。

对于"娱乐"，他说："电视可以用来娱乐，但娱乐不是电视的全部。""娱乐真有可能只是娱乐？果真这样，则任何事皆可借娱乐之名畅通无阻，没有道德界线，没有社会禁忌。然而社会大众却最爱一边消费禁忌，另一边又道貌岸然，因为娱乐的重要功能之一，就是为需要权力、渴望权力的人充权。"说到底，"娱乐"乃是一种"意淫"。

实际上，林导本人就是颠覆 TVB 电视剧价值观的最好例证。他早年在香港坚持做小众话剧，就是不信"一个人的力量是不能改变什么的"这一套。记得梁文道说，林导一开始做小众话剧，不仅观众稀缺（有时候根本就没有观众），甚至还要遭人耻笑"不实际"。但他还是坚持了下来，滚雪球一样越滚越大，最终变成现在这个可观的局面。

我不赞同说林导只是社会上的"个案"，没有代表性。社会是由独立的个体构成的，当每一个个体都成为突出的"个案"时，整个社会就会为之改变。

我的朋友李颖华(内地版"等待香港"系列的出版策划人)曾在文章中这样写林导："网上见过一个媒体朋友写他：'相识还不到一小时，他就来不及把自己热腾腾地端上来了。'这大约是每一个不论集体或个人形式见过林奕华的人的共同印象。公众人物面对自己不想回答的问题时每每拿出的太极推手，他不知是从未学过一招半式，还是早到了无招胜有招的境地：有问必答，不问的也答。别的有名的人士或无名的裴德在不相熟的人前避之唯恐不及的私人感情，他竟能在回应毫不相干的问题时积极主动抢答。他甚至毫不避讳地在《进入十六岁》开头就写：'我的第一次发生在廿四岁……'"(李颖华：《危险人物》)

花了这么些笔墨，我想读者大体知道了林导是怎样一个人。

林导的状态就如一匹马，跑得很颠很快，他自己却怡然自得。挡在他前面，一定被他撞飞；站在他后面，只能望尘莫及；坐在他上面，容易被他甩下来；只有赶上他的速度，与他并驾齐驱，才是唯一的选择。

请林导来谈"剩男剩女"，当是不二人选。他一直关注都市男女的"生活"和"生存"问题，自然包括爱情和婚姻。而他观察事物之细致，又颇令我喜出望外。比如，采访伊始，他便拆解了"剩男剩女"这一组概念。他说："在内地，我觉得'剩男剩女'的话题，主要不是在讲'剩男'，而是在讲'剩女'，'剩男'只起到一个烘托的作用，主角是'剩女'。"缘由何在呢？因为，"如果把'剩女'的问题拿出来作为一个'消费商品'来看的话，它的商机是非常大的。报刊炒作这一概念，谁最愿意买这些报刊呢？当然是女生！"

整个采访过程，林导最强调的一点是："'剩'这个字对我来讲是不成立的，因为它是个'媒体语'。它是一个媒体策略造出来的标签，方便制造一种恐惧，然后可以消费、赚钱，它是一个很大的市场。"林导出身国际化大都市，从小在"消费主义"的环境下成长，自然看穿了这面"消费大旗"下的骗局。

林导对"婚姻"二字看得很透彻。他强调人要独立，不可寄生他者活着；而中国人恰恰是很难独立，所以才会特别依赖婚姻——"我猜想，会不会是因为我们的文化太匮乏了，还不足以提供给我们作为一个'个体'独立成长的养分，所以我们还是非常依赖'婚姻'来填补自我的不足。也正因此，中国人的婚姻背后有太多的'不安全感'，这'不安全感'如果得不到绝对的保证的话，谁也不敢贸然地去结婚。"

林导的思维非常活跃，和他谈话，稍不留神就被他抛在后面。这或许也是很多人觉得林导讲话"没有章法"的原因之一吧？不过，从对话中你也不难发现林导的"狡猾"。

香港作家迈克写林导，说他："我更叹为观止的，是文字多么顺他意，他要你知道的，文字忙不迭传达，不要你知道的，文字义不容辞守口如瓶。例如他的作者简介，'十四岁发表写作……十七岁投身电视台……十九岁掷笔……'，忽然之间转为'一九八九年'怎样怎样，'一九九一年'怎样怎样,以巧妙的掩眼法带过年龄这个敏感的课题。"某日见他在"锵锵三人行"中,被窦文涛问:"做小剧场话剧不容易,不赚钱,你这几年是靠什么活下来的? "林导不假思索道:"是靠吃少一点活下来的。"

　　有时候我觉得林导时而像个孩子, 时而像个长者——就是不在中间驻足,你懂的。采访那天在"非常林奕华工作室"等他,见他蹦蹦跳跳地推门进来,像个大男孩;坐下后,一开口又神情凝重,好似大学教授。

"剩男剩女"是"标题时代"的产物

许：相亲节目《非诚勿扰》掀起收视狂潮,杭州万松书院"相亲大会"人山人海,关于"剩男剩女"的电视剧也出现了。你觉得内地是不是像一些媒体所说的,进入一个"剩男剩女"的时代了?

林：我想,虽然时代进步得很快,但是我们中国人对婚姻的概念好像还是没什么改变。因为大家还是把婚姻当成是一个很大的 "赌博",或许说是一个很大的"投资"。我在想,如果我要结婚的话,我会在什么样的状况下结婚呢?也许是我跟对方在某个人生阶段,觉得我们很想生活在一起;同时,我们也感觉到我们对对方有一些想要"承担"的感觉,那我就会去结婚。但是,有可能在这段婚姻关系里面,出现了一些状况,比如说大家成长的步调不太一样,或许觉得好像缘分去到某一个阶段,它就走出了另外一种关系来的话,那也许就会结束这个婚姻了。然后我再往前走,她也往前走,各走各的。

我用这个例子是想说，婚姻其实是你成长过程当中经历的一种关系；而不是像我们中国人平常所认为的那样，强调对方能提供你什么、能保障你什么，诸如此类。这种要求，就好像你把自己的将来都押在对方身上，像买一份保险。当整个社会都抱着这样一种错误的观念的时候，婚姻就变成"打麻将"了——我拿着两张牌，你也拿着两张牌，我们就是要吃掉对方，我不放，你也不放；到最后，我们都摸清了，发现结果没有人和牌。我觉得，如果用这样的观念来看待婚姻的话，难怪会有那么多所谓的"剩男"跟"剩女"。抱着这种观念的人都把"输赢"看得太重。对我来讲，婚姻只是人成长当中的一个经验而已。这个经验，如果能够走地久天长的话，我想，两个人会觉得很欣慰吧；但是不幸在成长当中大家有分歧的话，这也是不可避免的。

许：但是像你说的，如果婚姻是一种成长的经历，感觉两个人不合适就可以分开，那为什么还要结婚呢？为什么不同居就好？结婚跟同居有什么区别吗？

林：结婚是结婚，同居是同居，因为你的问题是结婚，所以我回答你结婚。我觉得有些人还是觉得彼此之间的承诺是重要的，但是这个承诺的"有效期"，不见得一定要是一生一世。这个"有效期"是我们在当下的时候，看得到自己的能力、自己的需要；没必要说因为我们曾经彼此承诺，所以到了明明我们的脚，都已经长到穿不下那双鞋子的时候，我们还是硬要把脚塞进去。我们只要相信一件事情，就是真的希望彼此之间是对对方好的，这就是信任。所以，我觉得两个人可以结婚，但是到了不适合婚姻的时候，就应该转变关系，或许可以变成朋友。每个人都必须要接受这个现实。婚姻里有很多很多的东西需要我们面对的。第一是时间，因为我们对世界的认识，包括对自己的认识，都是要经历时间的考验的。什么意思呢？你跟一个人在某一个背景底下结合，假如换了背景，比如说有一天你突然发现，你对对方没有欲望了，这个人跟你其实还是很亲密，只不过，你对他失去了欲望。这个时候，你怎么处理？欲望这个东西，不是说我硬要自己有就能有的。如果双方非常坦诚的话，那么这件事是不是可以拿出来谈呢？假如我们都隐瞒不说，那就只有两种选择：要么委屈自己，忍耐下去；要么欺骗对方，有种种行为。这两个都是不好的选择，对不对？于是，我们就只能在做出这种坏的选择之前，正面地去面对这个问题，然后一起来看看，除了婚姻之外，我们还有没有其他的可能性，或者看看这段婚姻本身还有没有其他的可能性。理论上来讲，任何一段关系，包括婚姻，都是有多种可能性的。关键是，我们不要把别人的经验套在自己身上。在我们的传统观念里，离婚是负面的，是"失败"的。其实离婚不是一次失败，它只是一段经历。我的故事，你的故事，他的故事，都是不一样的故事。我觉得其实最重要的还是，社会上大多数人他们对婚姻的观念是从哪里来的？

许：你觉得是从哪里来的呢？

林：当然是从家庭来的。有趣的是，从我接触过的很多亲戚啊、朋友啊看，真正觉得爸爸妈妈是因为爱情而在一起的，这个比例蛮少的。所以，这造成了一个很有趣的吊诡，就是，明明看得到自己的家庭，上一代的婚姻并不是很幸福或者并不是很完美，但是大家仍然不会去思考婚姻的本质。相反，更多人会说："我要避免像我的上一代那样子！如果我爸爸妈妈是因为穷产生了问题，那我就跟有钱人结婚；如果我的爸爸妈妈是因为太花心或脾气太古怪而产生了问题，那我就要找一个不花心或脾气不古怪的人。"大家永远把问题归结为外部的，而没有从根本去解开这个问题。你刚才问我，这些观念是从哪里来的，我觉得，很大程度上是因为我们的社会并不太鼓励人去独立思考，大家都是把一些现成的，甚至是一些广告、童话、电影之类的东西拿来作为我们的参考，或者是憧憬一种虚幻的"目标"。假如你说，是不是如果大家都不那么把结婚当成是一个投资，那么就会少一些"剩男剩女"？我先不说这样做有没有效，但是起码我觉得，要思考多一些，大家会明白多一点，自己真正需要的是什么。

许：香港是不是很早就已经进入一个所谓的"剩男剩女"的时代了？很多人都不结婚，大家也不会对他们有非议，在香港是这样吗？

林：我没有数据来支持香港是不是已经进入"剩男剩女"时代这个说法，我只是觉得香港没有像内地那样子去把"剩男剩女"当成是一个可以消费的话题。我觉得现在内地跟日本有一些相似，对于社会上的文化现象，或者是由现象所潜生出来的流行字眼，或者是所谓的"关键词"都比较敏锐。相对来讲，香港并不是这样的。你想想看，香港的周刊封面，大部分都是用这个礼拜谁有丑闻、谁又吐槽、谁又破产等来当封面的；我们没有像《新周刊》那样，每个礼拜都要提出一个有趣的标题，来提醒大家：我们生活在一个怎么样的时代里。内地媒体一直都在找一种"时代精神的符号"，这个"时代精神的符号"可以让大家觉得我们有共同的话题，让我们好像都能在"符号"当中感受到自己的存在。

香港人感知自己存在的方式跟内地人不一样，香港人是用实际的例子来感知的。简单来说，比如八卦，谁发生了什么事，很具体。但是内地同胞呢，以我现在的理解，对他们来讲八卦不是不重要，可是他们不会满足于一件事的八卦，他们还希望在这件八卦当中挖掘到更多的、内部的、深层的东西，因为他们喜欢用论述的方式讨论事情。谈话类节目就是一个最好的证据。香港人不喜欢大家在交流的时候把想法讲出来，香港人喜欢口口相传的是一些故事。所以今天你随便去买一本香港的杂志，从里面图片跟文字的比例来看，绝对是图片先行，1000字其实只有200字的内容，其他都是标题，用来配合图片。所以回过头来讲，"剩男剩女"在香港不是不存在，但是它在香港不会成为这么大的一个现象的一个原因是，我们的媒体并没有像内地那样，有那么多的卫视、网站、周刊都需要"标题"。从某一个角度来讲，媒体决定了一些议题可以被放到多大。

时代不鼓励思考，造就"剩男剩女"

许： 可能"剩男剩女"的问题并没有那么严重，只是被媒体放大了。

林： 我不会说严不严重，因为今天我没有数据，所以我很难去说严不严重。只是说，不管是真的严重还是没有那么严重，媒体在扮演一个"推手"的角色，这一点我们是可以看见的。每一本女性杂志，或者每一本消闲杂志，都在暗示女生说："你可以通过消费去令自己更有吸引力。"但是，当你更有吸引力的时候，它并不只是告诉你可以多交几个男朋友那么简单，而是告诉你如何把自己嫁得更好，告诉你可以通过"卖相"去吸引一些条件更好的男士，诸如此类。所以我觉得，现在"消费主义"这么横行霸道，大家考虑婚姻的时候，总是先想自己的好处，不会太想别的；当大家都在想自己而不想别的的时候，就会很容易忘记了婚姻的真正目的是什么。

许：你觉得网上总结出"剩男剩女"产生的原因有道理吗？

林：我觉得这些"原因"，如果作为一种人性或者性格的话，一直以来都有啊。对我来说，我没有结论，但是我观察到一些很好玩的现象，就是中国的男生和女生，他们从小在家里的时候，他们到底在爸爸妈妈的身上学到了一些什么，关于作为男人和作为女人的。我觉得，中国文化和外国文化在两性关系上有几个不同的地方，很重要的一个就是我们到现在还是用各种方法去告诉我们的年轻人"性是不好的"。其实我们每个人从很小的时候开始，从被妈妈抱着吃奶的时候就已经有性的需要了，这很正常。但是，我们的文化里还把性当成是一种羞耻的东西。要不然呢，就是把性当成是一种"技术性"的东西。

许：对，生育的时候才会用到的东西。

林：一个人从小孩到大人的成长，都没有机会用一个相对开放的态度去接触性；而我们在社会上每天看见的，是卖冰淇淋的广告都在性挑逗，什么都是用性去表达的。这时候，我们就会让年轻人内心产生一种"不平衡"——明明来刺激我的东西都是跟性有关的，但是却不让我去接触性。稍一接触，自己便沦为别人的笑柄，遭到各种指责：做了蠢事啊，自己负责啊，诸如此类。

许：那么说回"剩男剩女"的问题，等于是社会舆论要求你必须要把你的"性"给你的"终身伴侣"。所以，你要很慎重地去选择你的"终身伴侣"，但这很难。于是反过来，大家越是找不到，就越是不愿意把自己暴露在对方面前，形成一个恶性循环。

林：部分原因是这样子，但是我觉得更深层去看这个问题：性不止是一种行为，更是可以帮助你认识自己的工具。以我自己为例，因为我在一个特定的环境里被培养长大，比如爸爸妈妈、社会文化，所以让我对男性有一些非常既定的标准，假如我达不到那些既定标准的话，我会非常害怕。比如，我不打篮球、不开车、不喝酒、不抽烟……我对这些东西都没有兴趣，难道我就不是男的吗？社会上对"男的"的定义都是这样的啊。好了，有了这些"定义"以后，我慢慢开始觉得自己可能并不是那么的男性化。

我们的社会不让我们觉得男性可以有很多种类。假如我们鼓吹有很多种类的话，那社会就会形成一个所谓"分众化"的局面。有的人会觉得"分众化"不利于社会发展，因为他觉得这样没有权威，所有人都用自己的方式思考、行事，那么社会就会乱掉。其实，"分众化"以后每个人都可以是自己的主人。但是我们的社会文化不是这样子的，我们还是鼓吹权威、鼓吹竞争、鼓吹所有人走同一条道……然后呢，在赛跑的时候把别人淘汰，这样子他们认为从管制、消费、生产……都是最好的，这叫"汰弱留强"。大家如果都用自己的标准来活出自己的生命的话，这当中就会出现太多太多的选择，那么，无论是在政治层面也好，在生活层面也好，在经济层面也好，情况就复杂了。这就好比，本来我们只要做一种款式的衣服，所有人通通要来买，但是突然每个人都说我自己要做衣服，那请问，工厂和商人，他们拿什么赚钱？所以，有些人不喜欢每个人都有个性，我们的教育也告诉我们不要有个性。

许：这和"剩男剩女"的产生有什么关系？

林：因为当我们都那么"单一标准"的时候，大家都用同一标准去选择对象，女生觉得理想的男生就只有一种，男生也觉得我要的女生就是一种。然后他们都把选择对象当做一种"购物"，好像走进"超级市场"，只要看那个包装能否抢到他的眼球就好了。因为这些人是不会看里面的内容的，所以都在经营"封面"，他们卖的不是书，只是封面。问题是，封面不能只作为封面而存在。封面可以五彩斑斓，但是翻开封面一看，里面什么也没有。"剩男剩女"的其中一个吊诡是，表面上看我们可选择的另一半好像很多，但其实并没有，因为所有人的实质都是一样的。大家在互相挑选的过程当中很容易迷失在表面，只要一翻开"封面"就知道里面什么都没有，然后说："哦，上当了。"所以"剩男剩女"很重要的一个原因，对我来讲，并不是性格怎么样，而是这个时代不鼓励每个人去活出自己的性格，所以到最后，外表的不一样只能骗人三时两刻。

结婚买房，把未来当赌注

许：那香港人的婚恋观是什么样的？跟内地人有区别吗？

林：跟内地接近的先讲吧。现在香港的女生中，越来越多人可以不用"被挑选"，也可以去挑选她想要的人。因为现在女性的学历高了，能力也强了。另外，现在也有越来越多的女生可以不跟家里人住，因为她自己赚钱，所以就自己住。当你自己住的时候，就等于说不急着一定要靠结婚才可以离家，没有这回事了。结婚对于她的意义，其实就只剩下一点：生育。我觉得，香港的女生没有内地的女生那么在意别人看她的眼神，不太在意多少岁还没有结婚这回事。其次，我觉得香港人对于离婚，也没有觉得是那么不体面的事情。

许：现在内地离婚率也很高，所以也不会觉得有什么特别不正常的。

林：但是香港跟内地到底有一点，起码目前是不太一样的，那就是因为内地地方很大，所以假如今天一个一线城市的人找另一个也是一线城市的人结婚的话，那相对还比较简单；但是如果一线城市的人碰到二线城市的人，那么他们到底要在哪里落脚？所以，我觉得内

地的问题比较复杂，香港在这方面就单纯很多。

许：同是香港人，大家的价值观、理念会比较近似，但是在内地，如果两个地方的人，他们想问题的思路都不太一样。

林：对。不过我想，假如他们已经能够发展到要结婚，观念上应该还不至于南辕北辙。只不过，你真的要把婚姻落实到你的财产、你的未来、你的家人上面，来规划两个人共同的未来的时候，我想，这个情况是比香港复杂很多的。包括将来你们的小孩在哪里，你们要在哪里买房子，过年回哪一个家比较近，诸如此类。

许：我还听说香港有的人不结婚的原因是"经济压力"，比如说大家要存钱买房子、办酒宴，这些都是很大的开销，很多人是负担不起的，真的吗？

林：还好吧？酒宴不是他请了别人就来白吃的，其实在摆酒宴的时候，都把成本算回来了。香港人在这方面我想还是蛮精明的吧，因为它其实是一个活动，理论上你可以排场一点，但是不见得是亏本的，或者是亏大本，我想这不可能。

许：在内地，摆喜酒宴是能赚钱的。

林：一定能，中国人不会做亏本生意。但另外一个事情——买房子,的确在香港其实一般人不太可能买到湾仔的房子,因为这里交通太方便了。但是,我想如果一个人已经超过30岁,或者接近40岁才结婚的话,那也出来工作了10到15年了,存下一些钱来,就比较有可能买房子。你知道,香港从某一个层面来讲,它其实是个"中产社会"。中产社会之所以是中产社会,就是这个社会里的人,在意识形态上面都是很"保险"的,他们不会太冒险。而且,我们的年轻人从念小学开始,就已经接受到这个社会文化的熏陶:你将来读完书就是要赚钱,你之所以要读大学,是因为你读完之后可以有安定的生活。香港人不会想着要去见一些什么世面,或者我要拿自己来冒一些险,都不会,就是为了安定而安定的。

许:那香港人会有"结婚一定要有房子"的观念吗？在内地,这个观念很重。

林:是,我听说了。台湾这个观念也很重。我在台湾的计程车上,那个司机就跟我说:"台湾人没有希望了。"我说:"为什么？"他说:"你想想看,买个房子要花多少钱,一个男生想跟一个女生结婚,女生要求也不是很高,只是要一套房子,但是去看一看,随便一套房子都要8000万台币……"可见,这是一个很热的话题。我个人觉得,如果我是个女的,我要结婚,我不认为一定要买房子。为什么我不认为一定要买房子呢？因为我认为租房子也可以的。很多人都说:"你交租交了

那么多钱，都够买房子了！"对我来讲，你租的时候，你就是交租金，我今天能够负担租金我就住，负担不起我另想办法；但你买房子的时候，其实你是把你的未来押了下去，没有自由了。而且我经常批评的是：为什么香港的地产行业会这么蓬勃，主要因为对大部分香港人来说，房子不是买来住的，而是买来投资的。所以我常常说："香港人自己玩死自己。"香港人很会玩死自己，香港人拍的电影是玩死自己的电影，香港人做的电视节目是玩死自己的电视节目，香港人赚的钱是玩死下一代的钱……当我把房子当成投资的时候，我常常会去看这个地方是不是已经可以丢出去，然后就升值了，我又再买一层。我们的生存就是要随着这个天天不一样的市价，来决定我们的价值。

许：在房价这么高的情况之下，慢慢地，香港人是不是会接受没有房子结婚也可以呢？

林：应该不会吧。你觉得为什么有那么多人要买名牌包包呢？真的需要，真的会用吗？其实不见得，这个包包对他的意义，并不是真的想用，而是"安全感"。

许：怕跟别人不一样，所以别人有，我也要有。

林：这是其一。还有，如果没有这个房子的话，他会不太知道他的未来到底会变成怎样。

许：你之前说过有的人是以"生育"为目的结婚的，"生育"的目的就是为家族传宗接代。那么，香港人亲戚之间相互问候会不会说"你孩子结婚了吗？有孩子了吗？"在内地，这是很正常的，结婚仿佛不仅是自己的事，不仅是父母的事，而是整个家庭的事。

林：不止是家族的事吧？甚至包括邻里什么的。

许：香港也这样？

林：香港好一些。我觉得香港现在的人际关系是越来越冷漠，像我住在我这个房子里面已经七八年了，但我从来不知道我的邻居姓什么、叫什么、家里有几个人，我永远只看得到他们的菲律宾工人，香港是非常"各家自扫门前雪"的，亲戚之间都不太往来。

许：大家彼此之间的冷漠，是不是反而会使结婚的压力小一点？

林：对。大家的注意力都转移到八卦上去了——"杨千嬅结婚了没有"、"郑秀文结婚了没有"，所以就相对不太会关心身边的人。

中国人的婚姻是政治

许：就你观察，香港人结婚的平均年龄大概是多少岁？

　　林：两极分化，大的越来越大，年轻的越来越年轻。中间隐约有一条线，可能在24、25岁结婚的人有不少，但是一过了30、31岁，很多人就很难结婚了。

　　许：内地现在对"剩男剩女"的定义，像天津网说，26岁没嫁就叫"剩女"，27岁没娶就叫"剩男"。假如香港也有"剩男剩女"的概念的话，会不会是这个年龄？

　　林：应该不会，通常起码都会超过30岁吧，过30岁才结婚很正常。

　　许：香港历史上有没有出现过对"剩男剩女"的集体讨论、集体焦虑？

　　林：这种焦虑每个人都会有，但是在香港不会形成"思潮"。比如说对香港人来讲，每年如果圣诞节要自己过、情人节要自己过，他就会觉得：为什么我没有一个欣赏我、喜欢我的人？这个"剩"的感觉，不是年龄上的，而是心情上的，或者说是自我价值上的。你刚才说天津网把"剩"的年龄定得这么低，在我看来其中的一个原因是，他们完全不认为一个人的价值，是通过他的成长得来的。他们定这个年纪，就等于给你一个"截止日期"。假如过了这个日期你还没结婚，那你就没有价值了。人不是货物，人生不是超级市场。给"剩男剩女"定期限的做法，就是把人当成商品，保质期过了就作废。其实坦白说，你可以从这种新闻或者是媒体的手段，看到现代人是多么地没有安全感，现代人对自己是多么地缺乏认识——因为他连自己要什么都不知道。

许：你觉得华人社会为什么会这么看重婚姻呢？这跟我们历史上是一个"伦理社会"有关系吗？很注重伦理关系、家族关系。

林：你从哪里看得到中国人很重视婚姻啊？

许：你看，亲戚之间会把"有没有结婚"当成一句问候语。这难道不说明中国人很看重婚姻吗？我觉得，这背后是跟中国人很注重"伦理"有关系的。中国人讲究家族成员之间的关系，讲究家族要繁衍下去。

林：那不叫伦理关系，叫权力关系。伦理关系在我看来不只是在算人头。伦理关系是在问：他跟她相处得好吗？不是在试探、算计对方的底细、动机。这些东西在我看来，都是政治。所以，我反而觉得"重视伦理关系"可能是一个外观，但实际上讲的是比较和竞争。假如真的"重视伦理关系"的话，更应该关注的是两个人为什么要结婚，但中国人并不喜欢谈为什么要结婚，只问你有没有结婚，结婚之后得到什么，失去什么。所以，大家关注别人的筹码，多于关心别人的生存状况。对我来讲，"关心"是什么？就是你要问好多问题——一个人是不

是到了适合结婚的心理年龄呢？有没有遇到好的对象呢？什么叫好的对象呢？等等。为什么我刚才说中国人的婚姻是政治、是权力？因为对中国人来讲，以上每一个问题都牵涉到一些利害关系。当你听说一个人没结婚的时候，马上就把一个比较同情的态度放进去，觉得这个人现在处在一个"不利"的状态；你不会说："对，这个人就是不适合结婚，他现在一个人过得很好。"如果我定下二十六七岁这个期限，唯一的解释是从生理的角度说，他的精子和她的卵子在那个时候是最好的，最佳生育年龄，能生出最好的孩子。这个东西，到最后难道不是非常政治的吗？我为什么要生那么好的孩子？原因就是要保证你自己留下来的"东西"是最好的。那为什么要是最好的？"赢"嘛！你要在最"对"的时间做最"对"的事情，就是为了不要"输"。但是，人跟人之间的关系永远都在谈"赢"跟"输"吗？

许：所以人们不关注两个人结婚了以后是不是幸福，只问你有没有结婚。人们觉得你嫁了一个富豪、"富二代"，他们就觉得："哎呀，你很幸福！"他们只从物质的角度来考虑。

中国男人从来没有长大

许：你上半年在接受媒体采访时说，女强人想要不被"剩下"就去"姐弟恋"吧，你说这话是认真的吗？

林： 我的意思是说，"姐弟恋" 是非常合适现在这个时代的一种男女关系模式。因为中国的男人一直以来都没有机会成熟跟长大。中国的男人从他爸爸生他出来之后，他就是要做他爸爸的一个复制品。中国的男人很有趣，他们基本上没有时间做男孩，很快就要变成一个"小男人"了。他妈妈强迫他做"小男人"。他妈妈为什么要强迫他做"小男人"呢？因为很多妈妈对待儿子的感觉，其实跟很多爸爸对待女儿的感觉很接近，就是他们都把理想的那个爱情对象投影到他们的下一代身上。可能他/她结婚以后，那个理想的他/她已经离开他/她的躯壳了。所以，下一代就是当初对方给他的一个希望的延续。

我常常觉得，中国的男性当中，恋母的特别多，因为中国的男孩子大多数跟妈妈沟通多于跟爸爸沟通。所以，很多时候妈妈影响他的意识形态跟观念是更深层的。爸爸给他的影响，很多时候对我来讲只是在地位啊、行为啊，而不是在思想上的。因此，我常常觉得，中国的男人很容易让女人失望。表面上，他可以让女人觉得可靠，但是跟他久了之后，她才发现原来她是跟他妈妈结婚了。男孩没有机会成长为男人，就立刻变成"小男人"，然后等结婚了之后，这个"小男人"才暴露出来。这时，他的妻子不得不当个"大女人"——什么事情都要我来做主，什么事情都要我来摆平。但是很多女人是不想当"大女人"的，于是便感到失落，只好把希望寄托到她的下一代身上，她的下一代又

从"小男人"开始,不断轮回跟重复。

许:"姐弟恋"有助于中国男人长大吗?

林:没用。"姐弟恋"不会帮助中国男人长大,只是说它就是某一种中国男女关系的现实:女的一定比那个男的成熟。

许:即便是生理年龄上不"姐弟恋",心理年龄上也是"姐弟恋"?

林:对。

许:那你说这个能解决"剩男剩女"问题吗?

林:接受了这一点之后,女人就不会想着一定要遇到一个可以"保护自己"跟"照顾自己"的男人了。你要接受其实你妈妈已经照顾你爸爸很久了,这个东西根本从来没有变过。只不过这个现实,一直被我们社会的"父权文化"藏着,因为男人要面子。但是真的,我认识的很多家庭当中,表面上是爸爸做主,实际上什么事情都是妈妈在做。所以我一直都说:一,母系时代并没有过去;二,母系时代很快就会回来了。

许:这一点我也认同,很快就要回来。特别是像现在这个时代,不需要武力对抗,不需要雄性激素,可能女性会在这个社会上起到越来越大的作用。

　　林：最重要的是，时代的消费机制其实都是针对女性的，女性的市场会越来越大、越来越大、越来越大。你看，过去五年、十年，一个很大的变化就是男生的"阴性化"。大家讲话嗲声嗲气，用洗面奶，包包上挂个毛绒公仔……这些都在提醒我们，一个趋势来到了。

　　许：你怎么看待现在渐渐流行起来的"不婚主义"？

　　林：我不太觉得一个人一辈子应该被一个"主义"牵着鼻子走，这不应该成为一个标签。你没见过一个人介绍自己的时候说："嘿，我叫×××，我××岁，我家住×××，我是个不婚主义者。"我觉得，如果人可以说"我是一个素食主义者"，那么，人就可以选择不结婚。而且，现在地球人口已经过分膨胀，少生一个，其实也是非常环保的。

　　许：社会为什么会对不结婚的人不宽容？

　　林：我觉得这个"不宽容"是只针对女性，不针对男性的。比如在香港，我们都能从媒体上面看到，一个女明星结婚的时候，媒体都会把她写成好像"赚到了"；如果一个女明星不结婚，就把她写成除了是没有履行一个女性的"天职"之外，更重要的是好像本来属于她的一份都被别人占去了。男人从来都不会有这个压力，他就是"钻石王老五"。我前面说过，现代市场消费的主力是女性；所以，对不结婚的不宽容，实际上是一种"恐吓"，恐吓更多本来想有自由选择的人加入消费大军，去让所有有关婚姻的产业更加蓬勃，我想这主要还是跟经济有关系的。

　　许：现在的"剩女"究竟是被什么东西给"剩"下来的？

　　林：我觉得一讲到"剩女"，人们马上就会联想到：一定是样子长得不怎么样，或者学历特高，或者是横行霸道的野蛮女友，诸如此类的样子。因为我眼前没有这样子的一批人给我作为一个参考，所以我没办法回答她们是被什么"剩"下来的。我可以谈的是，像这种字眼是怎么来的。在五年前或者三年前，大家不会用这个词。但是现在不一样了，因为我们都活在网络的世界里，每个人都带着手机，我们随时都在微博，我们看到一个新鲜的东西，马上就要让所有人都对这个东西产生共鸣。于是，全世界都出现一个现象就是：女生可以越来越主动地去挑选人生，她们也不用像以前那样以成为一个"良家主妇"为人生的最高目标。她们就像美国的那本小说*Eat, Pray,Love*一样，出去看看世界，等到她觉得她可以停下来的时候，才安定下来。不过我想，社会就是这么矛盾：一方面她们很想赚钱去Eat、Pray、Love，但是同时我们的社会又会对这样的女生有一种"不安全感"，觉得她们的自由度、实力、权力越来越膨胀。因此，婚姻变成五指山，女人就是孙悟空，到最后，我们还是会怕这个孙悟空翻出了如来佛祖的手掌心——我们要用婚姻这个东西来把她们收在里面。

　　问题是，女人自己是希望还是不希望当孙悟空呢？这里就牵涉到一个自我的问题了。如果她足够了解自己的需要的话，那么不管别人怎么说，她都不会觉得自己是被"剩"下来的；但是如果她不知道自己想要的是什么，那么这个"剩"字就会很大，每天晚上都跑到她的梦里面去，给她捣鬼。所以我是觉得，我们身为现代人，不可能不知道媒体是怎么一回事。媒体不止是我们说的报纸、杂志、电脑或者网站，媒体更是一种空气，它是来设计我们的生活模式和思维模式的。所以，这也是为什么我说，我们既不要被"剩"，也不要被"被"，你要懂得去认识自己，然后在认识自己的过程中你会得到一种力量。

【采访时间】2010年11月12日

【采访地点】香港湾仔互信大厦

邓小宇：

"富二代"，走着瞧

邓小宇，原籍贵州，1951年生于香港，曾先后就读于香港九龙华仁书院、美国佐治亚州大学新闻系及谭普大学传理系。从小热衷于各种文化艺术，特别是电影，幼年曾当演员，参演国语片十余套。1976年自美国返港后，与陈冠中等人创办《号外》杂志。其后一直正职打理家族物流业务，业余为《号外》撰写文章。当中以笔名钱玛莉撰写的《穿 Kenzo 的女人》专栏连载最为人津津乐道。著作有《偏见与傲慢》、《女人就是女人》、《穿 Kenzo 的女人》《穿 Kenzo 的女人续集》以及《吃罗宋餐的日子》等。

有时候我会想，假如换一种眼光来看"富二代"，我们不会仇视他们，或许甚至还能够同情他们。你想，我们读古代的文学作品，李后主、贾宝玉，这些人其实都是"富二代"。可是我们读文学作品的时候，我们不会仇视他们，反而会同情他们，这是因为我们隔了时空来看，就看得出他们的不幸。

其实"富二代"中也有很多失败者，只是时间还没有到。中国改革开放才三十年，随着时间的推移，有很多"富二代"会自然地跌下去；相对地，有些"穷二代"、"农二代"也会冒出来。

我记得我上世纪 80 年代第一次去内地的时候，内地同胞根本不知道银行、企业应该怎么运作，那时候什么都是国营的。"富一代"也不是一改革开放就马上暴富的，起码用了十年，才摸索到一条比较明确的路。所以我说大家不用急，世界总是会变。现在看着是"富二代"的那些人，其中的很多人将来或许是个悲剧也说不定。

内地这三十年是从零开始的，脉络非常明显；但是香港呢，感觉是千丝万缕，无数富人出现，无数富人消失，这对香港人来说一点都不新奇。中国的老话说"富不过三代"，真是很有道理。以前美国的那些铁路大王啊、钢铁大王啊，请问他们的后代，哪一个是比尔·盖茨？比尔·盖茨自己看得很清楚，三十年、五十年以后，他的后代也是一样的归属，所以他把财产全都捐出去了。

——邓小宇

邓小宇的淡定

　　香港《苹果日报》把邓小宇称作"品味判官"，说他"是一尾鲸鱼，巨大，又温柔。接近庞然大物时，很多事你都不敢做"。

　　诗人廖伟棠则把邓小宇和迈克相提并论，说"那一代香港文化人里面，最有情调的莫过于迈克和邓小宇，他们语不涉政治，唯在尘世中来去，文字极艳丽悱恻，造就一帮痴迷者，前者承传张爱玲，后者曾假钱玛莉之名书写时尚，都是富有双性魅力，当为内地新一代唯美主义读者深爱"。

　　而迈克，则用自己的文字赞美邓小宇的文字说："邓小宇永远不会是邻家那个模棱两可的差不多先生，就算在最好相与的时刻，仍然不忘露一露招牌的犬齿。多年前李志超编周刊约写专栏，揦手唔成势的我不知道应该写什么，他大喝一声：'写什么没关系，我要你的 attitude！'我不禁一怔，暗暗纳闷：又不是邓小宇，哪来这么多现买现卖的 attitude！这个中文通常译作'态度'的单词，加一点海派的盐花，正是邓最令我五体投地的特质。"

　　加入演艺圈的新锐作家王贻兴也膜拜邓小宇的文字说："这位《号外》创办人的厉害之处在于他早在 20 世纪 70 年代已经觉醒，把雅皮、感性、品味与自我在那年代优雅潇洒地向大众展示，且前卫地把难登大雅之堂的广东话，配合英文与书面语，造就成为独特的'三及第'语言，提升与肯定了广东方言在写作上的地位与感染力。"

　　马家辉评价邓小宇的代表作《穿 Kzenzo 的女人》时，简直用了一种赞美诗的韵味歌唱道："读过《穿 Kenzo 的女人》的我们都心知肚明，这部接近二十万字的长篇小说正可为吕大乐的考察提供最佳佐证：是的，在这部看似以爱情追求为主题却又远远不止于谈情说爱的城市小说背后，其实隐藏着一段波澜壮阔的香港'本土文化独立宣言'。"

　　……

　　以上，是我零零星星、拉拉杂杂搜集到的香港文化界关于邓小宇的评论文字。

　　在香港，我想即便你不知道邓小宇，也一定耳闻过"钱玛莉"的大名。20 世纪 70 年代末，邓小宇化身成"拜金女"钱玛莉，把自己的故事写成一篇篇精致的文章，用连载的形式刊登在香港著名的《号外》杂志上。这些关于女人男人、爱情友情、职场情场的文字，没想到一经连载，头尾就是整整七年时间。邓小宇苦心经营，足足写了二十万字，之后结集成为《穿 Kenzo 的女人》(以下简称《穿》)一书。这些文字不仅成为马家辉口中的香港"本土文化独立宣言",同时,亦成为对"狮子山时代"的最佳见证。而《穿》之故事编排、结构设置、人物个性乃至语言风格,竟然都与二十年后火爆的美剧《欲望都市》如出一辙。令我不由得心生怀疑——《欲望都市》是否"参考"过《穿》?

只要你读过《穿》,就知道邓小宇对有钱人的生活是多么了如指掌。我曾经写过《穿》的书评《港女拜金,非诚勿扰》(载《南方都市报·阅读周刊》,2010 年 07 月 04 日),文中,我是这样概括钱玛莉的生活的:

> 钱玛莉过的是典型的 20 世纪 70 年代香港白领女性生活,被物质充斥得密不透风。所以,这本书里也到处可见各种名牌的身影。这些白领的脑子里,每天想的都是如何赚更多钱买更贵的奢侈品,如何嫁更有钱的老公,以此来取得朋友们青睐的目光。小说一开始,钱玛莉就因为身着 Kenzo 牌衣服,被《号外》杂志的众编辑盛赞"有趣"。有人忽得灵感,给她开了个专栏——穿 Kenzo 的女人。从那天起,钱玛莉就把自己毫无保留地展现在读者面前,新欢、旧爱、分手、失恋一览无余。身边虽有无数男人在追求她、供她选择,钱玛莉却在找寻一段"完美"的婚姻。最令她纠结的是:在爱情与金钱之间,究竟孰轻孰重?怎样去深入了解一个男人,以便确信自己要和他白头到老?

钱玛莉是高级白领，收入丰厚，可你千万不要误以为她会满足于现状。冷静的时候，她勉励自己通过努力得到更好的生活；但浮躁的时候，她也会发出这样的怒吼："我已经厌倦做一个高级行政人员，我的梦想是一个高级行政人员无法达到的，我需要很多的金钱，唯一的方法就是嫁一个很有钱的丈夫。不要再在我的面前提起那些月入一万的男人了，和他们结婚是死路一条！"钱玛莉的话虽然说于二三十年前的香港，可在今天内地社会里，还是很有共鸣的。

我把《穿》和法国社会学大师鲍德里亚的经典著作《消费社会》联系在一起，指出在20世纪70年代的香港以及现在的中国内地，整个社会都是一种"消费至上主义"。我说：

香港人在经济腾飞的年代，曾误被"消费社会"的幻象所迷惑，以为香港的股票会永远往上涨，香港的楼价会永远往上升，以为社会只要争得GDP的最大化，人也可以同时达到幸福的最大化。他们没有注意到鲍德里亚已经预言："今后将会有一个世界性的疲劳问题……无法控制的传染性疲劳，和我们谈过的无法控制的暴力一样，都是丰盛社会的特权，是已经超越了饥饿和传染性匮乏的，后者仍是那些前工业社会的主要问题。"压力在成倍成倍地增加,机会在大量大量地减少。一夜之间,金融风暴来了,泡沫破灭了,香港人全都傻眼了……钱玛莉没有继续写下去。假如她一直写到 1987 年的香港股灾,我想这本书肯定就更好看了。

邓小宇为什么会这么懂有钱人?因为他在幼年时代曾是童星,拍过数套粤语长片。在上世纪五六十年代经济腾飞尚处于酝酿阶段的香港,他就已经开始接触上流社会了。当大多数人还在步行的时候,他已经坐惯了房车;当所有人还在吃鱼蛋粉的时候,他已经吃腻了鱼子酱。当然,这些东西都不用他自己埋单,他在戏中的"妈妈"会带着他四处游玩。在 2010 年香港书展邓小宇的作品分享会上,我坐在观众席里,一边听他讲述儿时当童星时的梦幻经历,一边欣赏着动人的舞曲。他说,这首舞曲就是四十多年前他在一次派对上所听到的。在他的记忆中,扮演他妈妈的女明星好漂亮、好高贵、好风雅,她伴随着这首音乐翩翩起舞,银色的月光洒在她身上,性感极了。类似的场景,邓小宇在另一本书《吃罗宋餐的日子》里也曾描写过:"有一晚我父母在沙田华尔登跳舞,见到李湄,'穿着低胸晚装,妖艳地、风情地跳恰恰',他们心中暗叫不妙:这样一个女人,怎可能演贤妻良母!"

邓小宇的淡定,是见过了太多有钱人的淡定。他自己或许并不算太有钱,只是经营着家族的物流产业;但是他身边的人,无论"富一代"、"富二代"、"富三代"……皆有之。《苹果日报》对他的描述真是精准极了，他确实像一尾鲸鱼，巨大而温柔，"接近庞然大物时，很多事你都不敢做"。一开始，我跟他愤懑地述说"富二代"如何欺压"穷二代"，愤怒地述说杭州"七十码"事件发生的经过，愤慨地述说电视剧《奋斗》完全就是一群"富二代"的荒唐"创业史"……他听了，都只作云淡风轻点头微笑状，使我这颗浮躁的心，也都慢慢平静了下来。

　　然后，他不疾不徐地跟我讲了好多他所见所闻的故事，告诉我，我们今天身边的富人，基本上都是改革开放三十多年以来形成的。"富二代"现在之所以如此张扬，主要是由于"富"的历史短，一下子还不懂得调节。从香港的经验看，富人往往是"富不过三代"的。在香港，一百多年来，人们已经目睹太多富人诞生、富人消失的故事，根本不足为怪。马家辉也曾经跟我讲过一个故事，说他认识一个算命先生，年轻时在庙街做流浪汉，最惨的时候穷到用报纸当被子的地步；后来跟人学算命，杀出一条血路，身家最高时有几个亿，半山豪宅区有十几套单位都是他的财产；但是几年前莫名其妙就破产了，人也失踪了。香港多的是这样的故事，所以头脑清醒的"富一代"、"富二代"，他们自己心里都明白得很，既不会过于张扬，也不会误以为自己家族的富有是"万古长青"的。

　　我觉得，一个正常的、合理的社会，就应该是穷人和富人相互流动的，这样才人人皆有机会。否则，富人永远是富人，穷人永远是穷人，整个社会就会呈现一种"板结"的状态，失去活力、创造力、生命力。当然，我也不是在鼓吹中国传统的"皇帝轮流做，明年到我家"思想，这样一来好像在说社会的总财富是固定的，你占了我就没分，我占了你就休想得到，非拼个你死我活不可。实际上，社会的财富应该平稳增加、合理分配，增加出来的部分，应该更多地照顾到穷人。但现实的状况并不令人满意，我们所能看到的，是富人愈富、穷人愈穷。尤其是香港这样的成熟资本主义社会，社会结构僵化得令人窒息，几乎有"老板之后永为老板，店员之后永为店员"的恶兆。

　　面对这样的现实：消费至上，社会板结，富人愈富，穷人愈穷……我们还能淡定吗？

|"富二代"VS."二世祖"|

许：你觉得在香港怎样能算是"富人"？

邓：这是一个很难回答的问题，因为"富"对每一个人来说都很难有一个准确的界定，可以"富"，可以"更富"，可以"更更富"……每一个人对生活的基本要求也不一样。比如，我现在能付钱喝一杯咖啡，我觉得很快乐，那么我也算是"富有"了；可是对某一些人来说，每天都要吃鱼翅，才觉得能够得到满足，那么他心目中的"富有"跟我心目中的"富有"就不一样了。所以我觉得，一个人的财富，只要能够满足他日常的开销，觉得活得蛮充裕的，这样就可以算是"富人"了，我只能这样说。

许：在内地说起"富二代"，那么这个人家里起码得有几套房子、买得起几辆好车、买得起各种名牌……香港肯定也有这样的人存在，

那有没有类似"富二代"的称呼呢?

邓: 其实"富二代"以前一直就有,只不过现在换了一种说法而已。

如果讲到香港的俚语的话,粤语中有一个词叫"二世祖",可能会比较接近。广东人一直以来就有"二世祖"的说法,就是指祖上——不一定是父辈——很有钱,他们的子女、孙子女可以大把大把地花钱。可是,"二世祖"在粤语里有一个不太好的含义,就是有点"败家"的意思,他们没有把家族的基业发扬光大,只是一味享受先人的成果。不过"二世祖"在香港是"珍稀动物",因为这些人的祖上,必须给他们留下一生都享用不尽的财产,这样才有资格称得上"二世祖",你想这样的人在香港能有几个呢?不是你说你自己是"二世祖",你就是"二世祖"的。所以,我觉得"二世祖"应该是"富二代"中顶级的一小撮,不能完全等同于"富二代"。

我觉得在内地,说"富二代"比"二世祖"更为贴切。为什么呢?因为内地在1949年之后、改革开放以前,是没有"富人"的。可能以前有很多有权力的人,比如一些"高干"啊、"高干子弟"啊,他们可能很有权,但是你要说在财富上他们比一般人多多少,我觉得好像没有,大家都是"共产"了嘛。在改革开放之后,才有一部分人通过做生意或者其他手段,突然之间发达了,这样才产生了"富一代"。现在他们的子女慢慢长大了,是名副其实的"富二代",因为很多人都是在20世纪80年代中后期才出生,还没有"富三代"。

许：其实"富二代"这个名词刚出现的时候呢，是有特殊所指的，指的是改革开放以后那些靠做企业富起来的"实业家"的后代。但是渐渐地，这个定义的范围扩大了，变成所有富人的子女，都叫"富二代"。

邓：对。可是在时间上说呢，或许是个巧合吧，真的刚好有"富二代"这样一个群体。前面说过了，1949年以后，中国的富人全部都被"打倒"了，社会大洗牌，大家全部都差不多；后来的富人几乎全部是在改革开放以后才出现的"富一代"嘛，这些人发达的时间这么相近，生孩子的时间又这么相近。所以我们现在才会发现，有一群家庭背景差不多、生活方式差不多、年龄也差不多的人，他们共同构成一个群体，我们叫他们"富二代"。香港因为这一两百年来，没有经过特别巨大的社会变动，所以老早就已经出现过"富一代"、"富二代"、"富三代"、"富四代"……错综复杂，现在根本都不知道是富到第几代了。

喜欢给人贴标签，是社会的一种惰性

许：我看你写的《穿Kenzo的女人》，发现你对香港的富人生活挺了解的，这跟你本人的成长环境有关吗？

邓：我的家庭有一点小小的家族企业，但是在香港也算不上是

"富人",只能算是香港一般的中产阶级而已。不过我觉得现在的香港社会,那种贫富的阶级观念,比起以前来是没有那么重了。我觉得香港社会从上世纪七八十年代开始,富人阶级、中产阶级,或者说再低一点的阶级,大家能做的事情其实差不多的。譬如说,我作为一个中产阶级,偶尔也可以去一家很名贵的餐厅吃一次饭。作为中产阶级,我没办法做到每天都去,但是我可以一个月或者半年去一次,去享受一下平时负担不起的"高级消费"。在这个偶尔的体验中,我会仔细观察所谓"富人生活",所以你说我写《穿Kenzo的女人》里有很多"富人生活",我不用是个富人,也能够体验到。当然,富人有能力天天去名贵餐厅,但他们一定也不会天天都去的,天天去也闷死了。

所以我有时候也觉得自己是很幸运的,作为香港的中产阶级,我也能享受到不少富人阶级才能享受的东西,在这方面来说,也叫一种"平等",不像过去贫富那么泾渭分明。虽然我衣柜里的名牌衣服没有富人那么多,但是总有一两件,我也可以偶尔满足一下。这是中产阶级兴起以后,才有可能做到的。

许:你小时候拍过电影,在电影圈会不会接触到一些富人?

邓:富人总是有机会接触得到,这不一定跟拍电影有关。比如说以前从内地到香港来,当时一无所有,可是有一些同乡在香港很有钱,我见过他们,知道富人的排场。我自己没有,但是我能看见。当然,拍电影也是一种很好的渠道，能够让我亲眼看见明星的奢华生活。比如，他们在上世纪五六十年代的时候开美国的房车。美国的房车在那时候是很大很夸张的，幸亏那个时候香港没那么多车，交通不是很拥挤，如果现在这样的车在路上走，也是很麻烦的一件事。我以前看见那些女明星开着这样的大车，去夜总会玩啊，出入花园洋房啊。我们住小平房，他们住花园洋房，对我们来说，那也是个梦一般的地方。

许：他们就算是富人了，对吗？

邓：也不能这么说。我觉得真正的富人应该是那些企业家、老板什么的，但是总归有足够的钱够他们消费。当然，那些女明星作为女人，很多时候不需要她们自己付钱，去好多高级的地方，都有男朋友埋单的；或者，因为她们是明星，一般请都请不来，玩完之后常常也不用付钱的。那个时候我七八岁，片场里其实没几个童星，只有我和另外两三个小孩，但是很多电影里都需要角色，所以都会找我们去拍，所以我就变得经常有机会接触她们，她们也很疼我们。

许："富二代"这个群体其实历史上一直有，但是这几年为什么会特别强调这个名称？而且不仅有"富二代"，还有"穷二代"、"官二代"、"农二代"等等。

邓：你说得很对，这些人自古以来其实一直都存在着，但是我们现在这个时代特别喜欢"标签化"，每一种不同类型的人都贴上标签，什么"剩男"啊、"剩女"啊……以前没有标签的时候，大家心里知道：这是有钱人的儿子、这是官员的儿子，就是这样，没有什么"富二代"、"官二代"一类特殊的标签。但是现在的人我觉得很懒，不想对社会结构分析那么多，用一种简单粗暴的方法把人划分成这一类、那一类，分完之后好像很"安全"地把人摆在一个类别里。现在这么笼统地说"富二代"，可是有没有想过"富二代"里面也有很多不一样的人，我们不能这样"一竿子打翻一船人"，硬说他们是不好的。其实"富二代"里面有很多是很有创意的，很善于利用自己比较幸运的出身来发展自己的事业。

　　许：有具体的例子吗？

　　邓：比如说我认识一个女孩子，她家里很有钱，可是她并不是整天只知道花钱，也不是会出现在报纸"社交版"的那一种，她喜欢收留流浪猫，做一些公益事业，但她做这些都不是为了出风头，也不是为了赚钱，所以大家不太知道她。再比如说香港一个很有名的舞蹈家曹诚渊，他是香港城市当代舞蹈团（CCDC）的团长。这个人的家族是很有钱的。他喜欢现代舞，在上世纪70年代末期的时候呢，就创办了这个舞蹈团。做这个舞蹈团是亏本的，所以他就成立了一个基金，把基金赚的钱全部都投资在舞蹈团里面。经过几十年的努力，不仅在香港很有名,也发展到内地,现在有"广东现代舞实验团",也有"北京舞蹈学院青年舞蹈团"。我觉得曹诚渊很难得,他继承了家族很大的财富,用来发展自己的兴趣,把钱投在舞蹈团,培养了很多一流的舞蹈家、编舞家,我觉得这就是很好的"富二代"的例子。当然香港人普遍会觉得这不是最好的选择,最好的选择应该是把老爹的基业发扬光大,再造一个大企业等等。曹诚渊这样的人,反而会成为另类、"怪物"。

"富二代"的路为何越走越窄?

许:不管是"×二代",他们好像总是生活在父辈的阴影之下。你觉得年轻人应该是走自己的路好,还是循着父辈的路走好?

邓:我个人觉得"富二代"其实是很幸运的一群人,因为他们天生就已经有很多资源在手里面,我想他们应该好好利用这些资源来走好他们自己的路,不管是什么路。一个穷人家的孩子,他想做电影导演,可能会因为没有资金等等问题无法实现理想;但是"富二代"可以自己开一家电影公司,自己做老板,自己招募员工,没什么可以难倒他。有的人选择把家族事业发扬光大,那也很好,这些都是上天对他们的眷顾和恩赐。

可是很吊诡的一点是,"富二代"结果往往都没有好好利用他们的资源。理论上说,"富二代"走什么样的路都可以,走父辈的路也可以，走自己的路也可以，但实际情况是他们中很多两条路都没有走，却走上了纨绔子弟的路。其中原因或许是因为对他们来说，一切得来都太容易了，所以他们不懂得珍惜，最后慢慢失去了他们自己也不知道。如果你是穷出来的，你自己要去创造很多条件，你每一次赢回来一点点，你都会很珍惜。"富二代"不懂得珍惜，我觉得这是蛮可惜的。

许：你觉得"富二代"为什么会不珍惜呢？

邓：这就牵涉到家庭教育的问题了。很多父母一有钱就把孩子宠坏，什么都强调最好的、最好的、最好的，没有让孩子知道真实的社会是怎么一回事，从小就生活在象牙塔里、温室里。父亲辈很多是靠自己打江山打出来的，他们什么苦都吃过，他们知道这个社会有多艰险，知道什么叫"人吃人"，知道商业社会很残酷，就是"你死我活"。对于那些从小只知道享福的"富二代"来说，他们的一个危机是在面对社会时往往会有一些天真的想法，结果很可能会失败。

我感到很幸运的一点是，我的父亲是一个很开明的人。他自己做生意，我却走上了写作的道路。从小，他就包容我们兄弟姐妹发展各自的兴趣爱好。有的父母呢，喜欢帮孩子安排好所有的东西，逼着子女走一条他们不一定喜欢的路。虽然我父亲是做生意的，但其实他也很喜欢艺术，平时爱演话剧、唱歌。所以，他看见儿子在艺术方面有兴趣，他也很支持，这也是很难得的。我时常想，我们自己的父母是什么样的人，我们是决定不了的，但是我们能做的是对我们的子女，采取一个比较开明、支持的态度，同时再加上一点指引，千万不要宠坏他们。尤其是在中国内地，现在大家都只有一个孩子，离婚率又那么高。我听新闻说现在内地有些父母，可以因为一句话不合就去离婚，离婚手续那么简单，半个小时就搞定了。所以我觉得，一切来得太容易了，不见得是件好事。

许：因为你有家族企业做后盾，所以投身写作，起码在经济上没有后顾之忧，对吗？

邓：对。不是说我是"富二代"，只是说如果你的家族能够给你提供一个稳定的保障的话，只要你善加利用，就是好事。但是反过来说，如果你只知道拿着钱来花、来玩、来吃、来喝、来出风头，我觉得那就没意思了。

许：你是怎么走上写作这条路的呢？

邓：我觉得回想起来，首先是一直以来都有兴趣。小时候呢，老师也说我的文章写得好，可能我从小就有一点点写作的才华。当然，小学、中学时候的作文都是一些很无聊的题材——秋天旅游啦、写信劝朋友要勤奋学习啦，都是些"官样文章"，随便写的。可是后来我喜欢上看艺术电影、听音乐，于是就尝试用文字来写出我对电影、音乐的感想，渐渐地就形成了自己写作的经验，兴趣越来越浓。

许：大名鼎鼎的《号外》杂志，你是开创元老，从第一期开始就在上头写文章。能介绍一下办《号外》杂志的经过吗？

邓：《号外》杂志代表一种理想。一开始我们想的是，不说赚钱，起码总可以维持收支平衡，后来才发觉原来这是很难很难的一件事。当时就是凭着年轻人的一股劲道，现在要我做，我做不来了，没有勇气。因为年纪大了，考虑的事情越来越多，年轻的时候说做就做，反正大不了是失败。当时最难得的是陈冠中一直坚持下来，这里不好改一改，那里不好改一改，慢慢就改到比较适合市场和广告的样子，所以才能一直做下去。有一段时间发展得不错，但是由于过度扩张，同时出版了其他不同的杂志，什么小朋友版的《号外》啊、《文化新潮》啊、"新闻杂志"啊……想法太多，不懂专注。其实我们根本负荷不了的，结果最终"打回原形"了。

▌中国的富人没有明天 ▌

许：香港人有没有"仇富"的心理？

邓："仇富"的心理我觉得全世界都有，但在贫富悬殊的国家尤其严重。我觉得中国的"富二代"简直是富得太夸张了。一个正常的社会，应该是除了很富和很穷的两个阶层以外，中间要有很大量的中产阶级，使两端的矛盾调和一点、和谐一点，但是中国社会现在的中产阶级太少了。

而且，我觉得有些特别富的人今天在中国也会很担心。因为他们中一些人积累的财富，其实都是"黑色财产"，通过贪污啊、受贿啊这样的手段得来的。如果一被查，不法财产立刻就会被没收。对这些富人来说，他们没有明天。所以，他们会觉得："我今天富，我就尽量花钱、尽量豪华、尽量奢侈、尽量享受……"富人们这样的行为，会使得穷人很生气，因为穷人没办法了解富人的这种心态，没办法了解富人的"苦衷"。穷人们只看到富人买一千万的跑车，心想："我们一生都赚不到这么多钱。"于是便产生了"仇富"的心理。我觉得这是很不幸的，同时也是国家很难解决的一个问题。

香港人也有"仇富"，但是没有去到那么极端、病态的程度。香港人看到有钱人，顶多在心里骂一句"这个人怎么这么有钱！"就算了，不会怀恨在心。

许：所以，香港没有出现过像内地那样因为"仇富"而去砸宝马车的事件吗？

邓：十几二十年前好像也有过。有一年圣诞节，在兰桂坊发生过一次"暴动"，把汽车什么的都砸了。这样的事情我觉得也不奇怪的，因为有些人总是只要找到一个点,就会把所有的怨恨都发泄出来。好像当时是有一个年轻人把汽车玻璃砸碎了,然后大家就冲上去围攻汽车。但在香港的历史上,这是非常偶然的一次事件。为什么香港不太会出现类似的"仇富"事件呢?我觉得,主要还是因为香港的中产阶级群体比较庞大,他们起了稳定的作用。

许:这几年香港人是不是有一个心理上的转变?十几二十年前大家讲起李嘉诚,总觉得他是"李超人",把他当成偶像来崇拜;但是,这几年慢慢开始出现"无良地产商"这样的称呼。这是不是说明香港人也越来越觉得社会不公平了?

邓:你不说我不觉得,但是听你这么一说,我觉得确实是有这样的变化。过去李嘉诚在香港人的心目中一直是学习的偶像,大家觉得像他那样白手起家,从一家小小的塑胶厂老板变成世界一级的大富豪,都以他为榜样。但是现在大家慢慢开始反思:大家认清了自己永远去不到他的位置,特别是年轻一代会觉得所有的位置都已经被老人坐了,看不到往上爬的路,比以前艰难了好多。在我的印象中,好像几十年前整个社会的结构比较"松散",只要抓住一个机会你马上就可以爬上去;但是现在人口太多,所有位置上都已经坐满了人,年轻人要坐上那个位置,都不知道要等到什么时候,于是就出现了不满。

许：还有一种说法认为，香港社会之所以能够这么稳定，六合彩和跑马也起到很大作用，因为它们永远能够给人一个"白日梦"，觉得自己可以一夜暴富。

邓：对。其实就李嘉诚来说，也是另一个"白日梦"，只不过这个"白日梦"现在已经破灭了。但是，六合彩和跑马是永远不会破灭的"白日梦"，永远给人希望。如果说这两件东西真的对稳定香港社会起到作用的话，开个玩笑，我觉得这个就是以前英国人留下的"阴谋"喽（笑）。香港几乎人人都会去买六合彩和跑马的，尤其是奖金特别高的那一期。因为当你没有其他方法可以致富的时候，六合彩和跑马就成了最简单、最省力的可以"一夜暴富"的手段，而且成本也不高，花十块钱就可以买一个希望。假如你想成为李嘉诚，你会有一段很漫长、很辛苦的路要走，要每天很努力地工作；但是六合彩和跑马，起码在心理上暗示你这是很容易的，只要走运就可以了。虽然大家都知道这个中奖的概率非常非常低，但是它花的成本少啊，你少吃一顿早饭就能买了，何乐而不为呢？而且这期不中，过两天下一期又来了，源源不断。所以，我觉得是不是内地也可以来开发这种东西呢？

许：内地有体育彩票。

邓：我想补充一点的是，我觉得赌博永远是不好的，但是适可而止的、可以控制的赌博是可以的。我始终觉得，人应该有一定的享受。

你总不能说,我每天赚钱,然后把赚来的钱全部存起来。那样的话人会变得很辛苦的。我不是鼓励人乱花钱,但是如果你赚了一千块,存七百块,拿三百块出来享受,这是天经地义的,同时也是调节自我心情的好方法,要不然人会发疯的!你赚钱还有什么意思呢?不过现在的问题呢,是一个人赚一千块,却花一千二、一千五,因为银行发行太多信用卡,每个人手头上都有十张八张,乱花钱,所以就欠了很多债。

来生要做"富二代"

许:同样是花钱,人们对"富一代"和"富二代"的看法也不太一样。因为"富一代"的钱毕竟是自己挣来的,花得心安理得;可是"富二代"呢,他们什么也没做,却花这么多的钱,确实容易招惹仇恨。

邓:而且,现在的"富二代"的很多表现本身,也很容易让人仇恨,他们太过张扬了。

许:你觉得他们为了避免仇恨,应该低调一点吗?

邓:假如说为了避免仇恨才去"低调",那已经太假了。在这一点上,家庭教育很重要。或许很多"富一代"忙着赚自己的钱,所以容易忽视对子女的教育,他们的子女从小到大都娇生惯养。但是呢,到了需要用"低调"来提防他人的仇视,那么"低调"本身已经失去了意义,已经不是真正的"低调"了。因此,"富一代"应该从小就教会"富二代"什么叫做内涵,什么叫做修养。在"仇富"这个问题上,我们的传媒往往也起到推波助澜的作用。狗仔队整天偷拍有钱人如何豪华的生活:派对啦、车子啦、包包啦、衣服啦、钻戒啦……你整天报道这些东西,难道不是在刺激没钱的人吗?

许:我看邓永锵先生在《反寸世界》一书中说"财主佬也可以很受爱戴",并说,何鸿燊可能是最受香港人爱戴的一个有钱人。你觉得他说得对吗?

邓:"财主佬也可以很受爱戴"的观点我当然认同。至于何鸿燊本人呢,我觉得他的优点是他有"street-smart",就是"粗人的聪明"。香港有很大一个"街市阶层",何先生讲的话就正好符合这些人的心理。他讲的话,不是那种很高雅、很有学问的学究讲的话,相反,他说的往往都是些很粗俗的东西,经常是很娱乐化的,所以会给听他讲话的人一种"平起平坐"的感觉。香港另外一个很有钱的人李兆基,他讲的话也是经常给人一种亲切感。李嘉诚讲话呢,是把自己摆在一个比较高的位置;反观何鸿燊和李兆基讲话,江湖味比较浓一点,自然受人爱戴。

许:因此,你觉得"富二代"是不是也应该多走到市井里去,多了解下层人的生活,不要整天躲在象牙塔里呢?

邓：嗯，我觉得这个世界上没有任何一条公式是可以给每一个人用的，每一个人有不同的性格、有不同的爱好，有适合自己走的路。但是我觉得每一个人都应该有自己的思想，确定自己要走的路，这才是最重要的。如果说要所有"富二代"都完全按照同样的规则来做，我觉得是没有可能的，每一个人都是独特的个体。

许：在内地这样一个财富"狂飙突进"的时代，"穷二代"每天目睹"富二代"挥霍财富，你觉得他们的心理应该怎么调节呢？他们是应该接受这个现实，还是努力去改变这个现实呢？

邓：我觉得现在在内地，应该说还是有很多空间可以提供给人去致富的，因为富人在整个人口中的比例毕竟还是很小的。并且，现在的所谓"富一代"，也只不过是在这二三十年间才富起来的，他们可以，其他人为什么不行呢？我觉得只要其他人有"野心"、有冲劲，机会还是很多的。当然，我也理解有很多同胞的痛苦。比如"农二代"，他们没读过多少书，十几岁就要到工厂里去打工，对他们来说改变命运比一般人要难得多。我也很难说一些安慰的话，人家听了也不信，什么"努力、努力、努力"之类，其实我们都知道是没用的。

可是另一方面，我觉得也不要太宿命论，一说起"穷二代"、"农二代"，就觉得自己天生就应该如此。首先，我们自己不要给自己贴标签。要知道，我们每个人都是独立的个体，都是不一样的。每个人都是

有机会的,当然不是说每个人都有机会变成李嘉诚,但是起码每个人都有机会过得比现在好一点。我希望我们的社会上不要再用"×二代"这样的字眼了,也拜托我们的传媒不要再宣传"×二代"这样的字眼来刺激大家了。我觉得要是没有这些字眼,这个社会会更和谐一点吧。

许:最后一个问题,如果让你选择来生的话,你会选择做"富二代"吗?为什么?

邓:当然要选择做"富二代"啦!如果你是头脑清醒的人的话,做"富二代"是最好的,因为"富二代"可以有很多先天的优势、条件和机会。但是,假如你给我权力可以选择来生的话,我觉得与其选要不要做"富二代",不如让我选有没有一对开明的父母来得好。因为我觉得,你的父母是怎样的人,他们对你的教育重不重视,能不能给你的人生一个很好的指导,这比是不是"富二代"重要得多。假如你是"富二代",但是你的家庭一塌糊涂,这也是一个大悲剧。当然,如果父母的经济状况比较好,总是有利无害的。我觉得你应该也会和我做同样的选择吧?选择父母,比选择财产更重要。

许:对。

【采访时间】2010年10月20日

【采访地点】香港又一城Page one

汤祯兆：
要创业，要理想，不要想赚钱

汤祯兆，1969 年生于香港，毕业于香港中文大学中文系，多重战线文化人，影评人及作家，香港电影评论学会会员。在学期间已经开始写作，被誉为"才子"。主要写作范围包括日本文化研究、社会文化观察、电影解读、文学创作及评论等；目前为《太阳报》、《Cup》、《号外》、《城市画报》等撰写专栏，也是香港中文大学新闻及传播学系的兼任讲师。著有《AV 现场》、《杂踏香港》、《俗物图鉴》、《全身文化人》、《命名日本》、《日本中毒》等。

在创业之前,就不要有太大的期待,不要想着通过创业能改变你的经济状况,或者能够赚到第一桶金。

我自己以前也创过业,在创业的过程中,发现真实的创业和自己的想象是很不一样的。我那时候卖电影衍生精品,费了好大力气才找到一张绝版海报,以为可以卖个好价钱。但事实上根本没人懂得欣赏,顾客宁可花两三千块买一张流行电影的海报。于是,做了不到一年,我的创业生涯就结束了。

所以我觉得,创业首先是能帮助你更好地认识自己,让你知道自己有没有创业的能力。人生就是一个不断了解自己的过程。二十几岁读书的时候,对自己是一种认识;然后出来工作,你又知道自己原来可以是什么样的人。在创业的过程里,其实也是在认识自己究竟有没有创业的能力。如果你在创业的时候能够淡定地处理很多事情,那么,将来你也一定能够淡定地去面对人生中的挫折和挑战。

因此,创业最大的意义,并不是成功或者失败,而是在这个过程里面,你究竟得到了什么经验,这是比较正面的看法。广东话里有一句谚语,真是至理名言,叫做:"淡淡定,有钱剩。"意思是说:只要慢慢来,别急,最后你的钱包里面一定会有钱剩下来的。我觉得必须要相信这个道理。

——汤祯兆

汤祯兆的淡定

不知道你是否与我一样曾经怀抱理想，希望在大学毕业之后开一家书店，小资生活，闲情逸致——反正我问过很多"不切实际"的读书人，大家的理想都差不多：开书店、书吧，没事约上几位"损友"，在温暖的下午，喝咖啡、聊天；偶尔，还可以请些写字的人，来店里开个沙龙……直到大学毕业后，我涉足书界，才知道自己创业开书店，不是理想，而是梦想。

我永远忘不了那一天，入职书店，兴冲冲地听老板八卦当年开书店的峥嵘岁月。他说，当年他大学毕业，在公司里做得不爽，于是辞掉工作，向朋友借了两万块钱，开起了书店。也没有付出什么特别的精力和心思，不知不觉，就越做越大，这一转眼，也十三四年了。老板开店那一年，是 1997 年。

在书店工作的那段时间，我慢慢意识到，现在想白手起家开书店，然后慢慢做大，是件困难的事——

第一，现在店面的租金是多么高呀！杭州市中心随便一间店面，月租金都在一万以上,试问卖书能赚得回来吗?(后来我到出版社工作,才知道作为渠道终端的书店,利润其实是很薄的。)

第二,网络书店对实体书店的影响简直是摧毁性的,如果没有办法从售书以外获得收入,任何实体书店都承受不住经济压力。

而且,没有一百万以上的资金,资金流运转不动,你是玩不起书店的。但是试问,如果我有一百万,那么,我的创业还叫做创业吗?不,这不是创业,而是投资。创业的核心,在一个"创"字,在于从什么都没有的状态做起,创造出一切。但是,在市场经济越来越成熟的"后资本主义"时代,社会阶层分化已经结束,流动性越来越低,富人就是富人,穷人就是穷人,已无多少可改变的空间。于是,老板可以永世为老板,打工仔就只能永世为打工仔了。我说的,是香港。

创业已死。

现在用开书店来创业,也不是不可以。可是,你绝对不要再想着可以从一家小店做起,通过几年时间赚到第一桶金,然后扩大,慢慢从小店做成大店。没门。你可以开一家小书店,每个月除去各种开销,剩余一点钱养家糊口。这也是在店面租金稳定不变的前提下,倘若某日你的房东突然告诉你租金要涨,你的小店很可能就难以为继了。

对于创业者,最大的苦恼还不在于资金。纯粹的创业者,总是怀抱理想,意欲实现自己的"宏伟蓝图"。但是,在这个过程里,倘若没有人懂得欣赏,甚至觉得你的模仿者、山寨者和你并没有多少差别,最终劣币驱逐良币，才最让人生气！

例如，有一段时间，杭州流行奶茶店，大街小巷旁如星罗棋布。起初，奶茶店的先行者们是很认真在经营的，因此，奶茶的品相很好，用料非常讲究，味道纯正。慢慢地，大家看奶茶店有利可图，就多了很多后来者。

后来者和先行者的心态不同，完全冲着挣钱来。所以，凡是能够削减的成本，他们都会想尽办法削减——能用奶精的绝对不用牛奶，能放半份料的绝对不放全份。于是可以想见，奶茶的品相一定会下降。

但最可怕的是，消费者竟然完全不在乎奶茶品相变坏，好像完全喝不出来，对先行者和后来者"一视同仁"。在这样的现实面前，坚持品相的先行者实在显得太"傻"。所以，他们只有两条路可选：要么，和后来者看齐，才能赚钱；要么，把店关了走人。

巧合的是，被我约来谈"创业"话题的汤祯兆也谈到了类似的问题，发生在香港，举的例子也是奶茶店，台湾珍珠奶茶。说完故事后，阿汤来了一句愤怒的总结——没有品位的消费者是创业最大的"敌人"！

20世纪90年代初期，阿汤也尝试过创业。他在旺角的潮人集中区开了一家电影精品店，专卖和电影相关的产品，比如海报啊、光碟啊、纪念品啊之类。

他是做事认真的人，有次费尽千辛万苦，从海外弄回一张绝版的海报放在店里。只是可惜，这样的辛苦觅不来知音，那张海报放到积尘也卖不出去。与之形成鲜明对比的是，当时热播的电影《霸王别姬》的海报，却很受追捧。有张国荣的粉丝，为了买到一张《霸王别姬》的巨型地铁海报，不惜挥金两三千元。要知道，当时阿汤一个月的店租，也不过八千元而已。钱是这么容易赚，你能想象吗？

但是，阿汤最后还是选择结束创业，把股份留给朋友，自己远渡重洋，负笈日本。不知道阿汤身上，是否也有文人那"该死的"理想主义洁癖呢？他说，创业远非他原先所想象的那样，是为了实践理想的奋斗。"倘若只是为了赚钱，为什么不去炒股、炒楼？"在阿汤看来，所谓"创业"必须先在心中有一幅蓝图(盈利模式、服务人群、社会贡献、愿景等)，然后为了试验这幅蓝图是否可行，你即便最终失败也心甘情愿，有了这样的准备，你才可以创业。

有人或许会问："不讲赚钱，那么，创业能给我带来什么呢？"

阿汤回答："创业给你带来的，是使你知道自己究竟是否适合创业。"

不是每一个人都适合创业的。有的人天生适合当老板，有的人天生适合当打工仔。怎么知道自己是哪一类？唯一的办法就是去试试看。

李照兴在为阿汤的新书《日本中毒》所作之序中说：

在内地当被问及香港写作人的共通点时 (因早阵子出现一

股香港人内地出书潮)，我曾提到一个概括性的区分，以示这批香港作家跟内地书写流行文化的作家之不同。我认为香港文化人笔下的经历造就了一种体验式的书写，对于流行文化评论或生活风格文章来说，增加了感染力与说服力。这种亲身实践式的体验带评论的书写，于流行文化研究极为重要。评论者作为流行文化实践者(甚或粉丝)的趋势，在内地刚萌芽的流行文化书写中，占不可取代的位置。内地学者或评论人，书看得不少，历史的举证充分，套用名人的警句名言更多，但每当要写到文化实践，文化在成熟社会中的意义，特别是流行文化方面的亲身爱恨经历，就明显不足。

学院派的经济学家，可以旁征博引，把"创业"问题研究得鞭辟入里、入木三分；但作为局外人，终究是旁观者，读者读着这样的文章，很难有身份介入，因此也就难免有疏离感，觉得他写他的，我读我的，最终酿成误会。(请注意：是"误会"不是"误读"，有时候是一种阶层的分离，觉得作者高高在上，无法沟通。)而香港文化人如阿汤，就以李照兴所说的"体验式书写"讲述"创业"，对这一问题自然有了更真实可感、生动鲜活的解读。

此外，阿汤治学还非常刻苦。很少见他这个年纪的人，会有这样执着的精神的。他主攻日本文化研究，著作甚丰：《感官世界》《俗物

图鉴》、《AV 现场》、《整形日本》、《命名日本》、《情热四国》……他有耐心一本接一本出书，似在手术台前解剖尸体的医生，把身体的每个部位都拎出来仔细观察、分析、研究、记录。当然，他也评论香港。出版于 2004 年的《杂踏香港》，已经颇为世人承认为香港文化解读一代表之作。

然而阿汤并不学究，待人温和，说话时条理清晰、长篇大论、出口成章。听了他对创业的分析，我想，不适合创业的人，应会望而却步；适合创业的人，则会坚定信念。

每个人心中都有一种创业情结

许：现在内地出现一些"80后创业达人"，他们受到很多人的拥戴。有的高校鼓励大学生在校期间尝试小型创业，政府有时候也会举办各种"创业大赛"，设立奖金作为鼓励。你赞成这种做法吗？我听说香港不少大学生也会在大学期间尝试创业，也有很多人会把大学毕业后拥有一家商店或者公司作为理想。请问真的是这样吗？

汤：我这么看这个问题。首先，我会问：这个所谓的创业的目的是什么？假如只是为了"赚钱"的话，今时今日这个环境，我觉得未必需要鼓励创业。因为我们有很多渠道可以选择，比如炒股、炒金等"非实体"的投资手段，已经可以帮你达到你的目标，而且，这些都比创业更加简易。假如你选择创业，随时随地都可能有风险，未必能有相当的回报。反过来说，假如你的创业不是纯粹为了赚钱，而是为了一个很高的理想或很好的构思，比如像脸谱网（Facebook）的创始人马

克·扎克伯格那样，那还说得过去。当然，扎克伯格现在赚到钱了，但是这是后话；一开始他未必想到过，他的主意本身就很好，建立一个社交网络，供人交流。所以，关于创业，有两件事情首先要分开来讲：你究竟是为了赚钱，还是为了理想？

假如你问的是后者，这种创业在香港流不流行？那么，这个问题就变得很有趣了。创业永远会令人心潮澎湃的，每个人心中都有一个创业的情结。因为在现实生活中，或许人人都觉得打工无出路，打工永远都只能受老板的气，只有自己出来创业才有可能掌握自己的人生。我想，这不仅是在香港和内地如此，在全世界各地，这都是年轻人共同的心理。但是，这种心理在香港可能尤其明显。因为香港的工作环境，已经到一个地步，就是几乎所有人都负荷不了。香港最近刚刚出台一个"最低工资条例"，规定工资不得低于每小时28元，拿这种档次工资的人，已经属于社会的最底层了，生活的压力难以想象。在这种情况下，大家萌生自己做生意的念头，是很合理的。即便不是最底层的劳工，一个普通的中层员工，他们也一样会希望有一个平台可以让他们展示自己的能力，来实践自己的理想。但在香港生活的一个讽刺是，当你想要用创业来施展自己的抱负的时候，最后都沦为"为地产商打工"——无论你做得多成功，你的收入的三分之二或者四分之三，都交租金贡献给地产商了。

你从经济学的角度来看，或许觉得问题很简单：租金贵，那不租就是了，用市场手段，我们杯葛（boycott）地产商就行了。香港信奉自由主义经济，大家都觉得只要这样做就可以调节。但吊诡的是，这并不能解决问题。香港作为"已发展社会"，当中有很多人已经可以不靠收入而活。香港几家比较大的财团，比如龚如心的华茂，它可以有很多楼建了十几年都不卖的，像沙田什么富豪花园之类。这些财团又不等钱用，你杯葛它，它大不了闲置，宁愿放十年不用也不卖给你，除非价格到达它心中的价位。还有一种情况，比如现在很多商场都委托给一些物业公司打理。这些公司的手段是，赶走所有低档商铺，引进高档商铺，然后加租。因为这些大财团、大公司不等钱用，今天"创业"这个游戏，已经不像过去那么简单，可以让你白手起家、慢慢做大，你做不到。所以，在这个情况底下，所有的创业都变成了一种自我安慰的假象——过去你打工，是受老板的气；现在你创业，其实是受更多的气，你根本不知道究竟哪一样东西是影响你创业成功与否的因素。于是很多人，就变成在一个循环里转圈，你只能自我安慰地告诉别人你在创业。

　　香港人的性格呢，又是不喜欢在别人面前表现出自己"没事做"的，几乎所有人在正职之外都会有兼职，并以此为自豪。你随便去问一个人好了，尤其是传媒人。比如你去问马家辉他的正职是什么，他未必会跟你说他是大学老师或者是《明报》策划人。香港人就是这样，喜欢表现得自己好像是"多功能"的，好像是不受某些东西束缚的。但实际上,对大部分人来说,创业都是假象多于实质。

至于你问我,香港的大学鼓励学生创业吗?我记得以前在大学的时候,学校会组织学商科的同学进行一些虚拟的炒股啊、投资啊之类的比赛。我不觉得这样的比赛,会真的帮助学生学到如何创业。这就好比,我从来都不相信任何一个征文比赛是能够培养出一个作家的。但是你说,是不是就不需要有征文比赛了呢?我觉得又不是。大学每年收那么多钱,吐出一点来设立基金,给学生拿奖,即便只是一个"荣誉"也是一件好事嘛。但是,我劝大家现实一点来看,这类的比赛只不过是一场游戏而已,都是虚拟的。就好像你拿了一个征文比赛的冠军,千万不要就当自己是一个作家。

许:去年在内地热播的电视剧《奋斗》引起人们对"创业"话题的讨论。有的人说,现在社会结构如此固定,阶级成分如此僵化,除非你是"富二代"或"官二代",否则别想创业成功。你怎么看这个观点?

汤:这个问题这么看。我赞成一个观点:有钱人开创的事业,不能叫做"创业",创什么鬼业啊,亏光了都不要紧,根本就是一场游戏而已。当成功与否已经无所谓的时候,我觉得已经不是创业了。那么,一个普通人究竟有没有机会通过创业去实践自己的理想呢?这牵涉到经济学上讲的一个社会的"流动性"。香港一直以来都标榜自己是一个"流动性"很高的社会,意思是告诉大家只要通过努力,就一定能改变你的命运，一定能向上爬。但是实际上呢，香港社会现在的"流动性"是非常非常低的。

当然，这不仅是香港社会的问题，基本上任何一个"已发展社会"其实都面临这个问题。只要是"已发展社会"，就一定有既得利益者，这些既得利益者一定会用尽办法去保护他们的既得利益，那么对其他人来说机会自然就少了。那么，在过去香港还处于"未发展社会"的阶段，或者可以叫"均贫社会"，大家都贫穷，你也不会很不开心的，因为大家都住在村里，物质生活都一样的时候，我们相互之间比的是幸福指数。可是当大家的生活慢慢变好，大部分人都进入中产阶级以后，"物质"就成了我们相互之间比较的一个，不说是唯一，起码也是最重要的因素。

我说这些是想证明什么呢？就是中国人创业，往往都是奔着钱去的，很少有人是怀抱理想而去。而这种对金钱如此重视，什么都以钱作为衡量标准的心态，我个人觉得是与我们这个民族过去一百多年的历史留给我们的"不安全感"有着非常重要的关系的。内地自不消说，一直以来战乱不断；即便是在香港，很少有人想过会在香港住很久的，有一点点风吹草动就走人，1997年之前就移民了一大批。正因为大家有这个心态，所以才会觉得我要尽快创业，尽快赚钱，就像买一份保险，当香港发生什么变化的时候，可以"安全"一点。在香港，所有老百姓都有这个梦想。但是，现在已经不是"均贫社会"，大家手里

都有一点钱，因此，创业起步的难度就大大增加了。你如果还只是为了赚钱而选择创业，我想你会很失望。

▎创业中最大的"敌人"是消费者 ▎

许：照这样说，香港是个不适合创业的城市喽？

汤：扪心而论，我由始至终觉得香港不是很适合创业。正如前面所说，因为大家都是为了赚钱，都想着要尽快回本，一定要一击即中，如果需要三年五年都觉得太久，在这样的社会背景下，再好的创意也会被浪费。不要说别的产业，就算是香港电影也是如此，一定要一部电影就赚到钱，你不要跟我说什么靠两部、三部、四部……慢慢教育观众怎样去欣赏文艺片——没人会这样做的。所以，从创业者本身来说，他们的能力有，但是文化质素都是不够的。

但是，对于那些真的想实践理想的创业者来说呢，香港的客观环境又不允许他们存在。香港的消费者，是一群非常没有品位的消费者。林奕华最近在内地出书，不是还在讲这个问题吗？就是香港人这么多年来，一直被"无线"的价值观垄断，大家需要的不是新鲜东西，只要一个固定的模式，往里面填充内容，打发时间而已。香港人不知道什么叫好电影，也不知道什么叫好的文学作品。那么一般人靠什么做评判呢？靠"奖"。大家之所以觉得王家卫、梁朝伟、萧芳芳、杜琪峰厉害,就是因为他们在外国拿奖。《岁月神偷》在外国拿了个什么垃圾奖,回来就受人追捧。这些都是非常表面的东西,我们需要别人来告诉我们什么是好东西。我觉得创业最大的敌人,是你面对的一群没有自主判断能力的消费者。因为创业是需要人来欣赏你的,有"知音"欣赏你,肯为你的产品掏钱,你才能在创业中得到内心的满足。

在香港创什么业赚钱最快?通常是一些食肆,比如最近流行一些台湾的饮品,如珍珠奶茶之类。当有一家成功了以后,马上十家八家都来了——大家不断去复制。然后大家为了赚钱,大部分人都会偷工减料。只有少部分有良心的人会坚持用好的材料,而这些人最惨了。因为香港的消费者是吃不出你的材料好不好的,对他们来说都一样。那么, 用好材料的商家不是不赚钱就是赚得少了, 反而没有竞争力了。所以,本来有良心的商家呢,也要适应"香港模式"。

许：你把香港说得这么"一无是处",那么,你觉得内地创业的情况会不会好一点呢?

汤：我不敢乱说。但是就我简单的观察,我觉得内地创业的空间可能会比香港大一点,因为很多东西还未成"规矩"。当然,内地有不少人已经富了起来。但是,很多商业运作上面,还存在着不少灰色地带。这一点很尴尬,有的人觉得是不好的,但越是灰色、越是暧昧的地方其实是有越多机会的。在香港很明确,你要申请一个品牌,要办理很多的程序；但是在内地或许都不需要，这样一来，你反而有很多空间去发挥你的创意。说回我们香港人，很多时候去内地，其实都是在消费这些"非法的"商品：手机、iPad、翻版碟……而且很奇怪的，你去看外国的那些电影网站，他们用的链接全都是土豆、优酷。表面上他们会说"你们侵犯版权"之类的话，但是作为用家，他们其实很开心有中国内地这样的网站给他们提供内容。因此，我们可以这么说：创意版权当然是应该被保障，但是我们的创意版权是不是过分地被保障了，以至于让受保护者获得了不成比例的好处呢？或者说，是不是有人在用法律作挡箭牌，去保障他们不合理的收入呢？

香港黑帮片与创业观

许：你是研究电影的专家，不如我们聊聊电影吧。前几年，好莱坞有一部电影《当幸福来敲门》，讲述了一个真实的美国黑人父亲创业的故事，感动了无数人。在香港电影中，有哪些是关于创业的呢？

汤：香港是很少有关于创业的电影的。为什么呢？其中最主要的一个原因是，香港电影是类型片先行，大部分的电影都是在往一个框架里套。因为类型先行呢，所以香港电影通常是不现实的，香港电影是很不擅长现实主义的表现手法的，很少让你看到真真正正的香港人的生活面貌。因此，为什么许鞍华的"天水围系列"拍出来之后，会得到文化界这么高的肯定，说她有人文关怀，最重要的一个原因就是香港以前一直没有这样的电影。

那么，香港电影里完全没有创业题材吗？我觉得也不是，上世纪七八十年代的时候曾经有过，但也不是以现实主义的方式来表现的，比如许冠文的电影。许冠文过去是非常出色的演员和导演，他和他的弟弟许冠英、许冠杰一起演了不少以"打工"为主题的电影。像是《卖身契》啊、《摩登保镖》等，在这些戏里，许冠文自己通常会演一个老板，他的弟弟演员工。他通常会将自己"丑化"，变成一个非常刻薄、尖酸、势利的老板；而他的弟弟通常是比较正面的小人物，整天被人欺凌，在被逼无奈的情况下才想办法反抗。这些电影虽然都是喜剧化的，但是也从某个层面反映出，香港人在面对社会剧变的时候给出的反应。而这些电影所表现的一个核心价值观，也是非常香港的，就是：奸。要尔虞我诈，不要循规蹈矩，做老板一定要像许冠文所演的那样，才能赚到钱——这基本上已经成为香港的一个"铁律"。我不知道内地什么情况，但香港人从来都没有出现过一个观点，就是："我要赚钱，同时，我要令身边所有的人都得利。"在香港人的字典里，没有"双赢"。如果蛋糕是那么大，没有人会想办法让蛋糕变大；而是想着，我多从你那里抢一点，我就多一点，总之我不能被人拿走我的蛋糕。这不仅是香港人的心态，也是全中国人的心态。因为有了这样的心态，所以香港电影所反映的"创业观"也是一样的，但并没有多少人

看，现实每天在上演，谁还要看戏？

到了20世纪90年代以后，香港电影的"创业观"用了另外一种内容去表达——黑帮片，通过黑帮伦理，去表现创业，因为黑帮片在香港永远是最受追捧的，而传统的黑帮片那种讲浪漫英雄主义的内容已经没人看了，于是就加入了新内容。黑社会的那种尔虞我诈、残酷竞争，其实跟创业中的价值观是相当吻合的。在所有这类黑帮片中，我觉得杜琪峰的电影是拍得最成功的，像《黑社会》第一部、第二部。《黑社会》里最经典的镜头，是任达华在敌人儿子的面前，将敌人杀死。这反映出什么呢？就是过去许冠文时代，残酷竞争还是摆在台面以下的；到了90年代后期，商场上的残酷竞争完全可以拿到台面上来讲了。这一点是什么意思呢？就是说我们所有的地产商，已经没有人再要扮好人了，摆明了说谎他们也不在意，就好像李兆基开出一个楼盘说每平米70万，其实根本就没有买家。你不服气又能怎样？奈何得了他吗？所以，你可以看得出现在在商场、创业中，已经完全没有任何道德伦理可言了。更可怕的一样东西呢，是其他人也不会因为你不要脸而看不起你，只要你赚到钱，大家就崇拜你。这就是香港电影里赤裸裸的"创业观"。

许：有人说周星驰的电影也是一种"创业电影"，比如《喜剧之王》，讲述一个小人物从底层往上爬，最终成功的故事。你认同吗？

汤：我从来不觉得周星驰的电影讲的是"小人物"的成功故事，更不觉得它是"创业电影"。原因很简单，你看他的电影，其实他所有的电影里唯一的主题，就是"成就自己"。你可以看到，在他的电影中，最终成为"英雄"的那个人，他做的一切都是为了他自己（无论是学了什么功夫也好，拿了什么奖也好，得到多少人的拥戴也好）；而他身边的那些人呢，比如吴孟达经常扮演的角色，他们只是那个"英雄"的棋子，最终成就的只是"英雄"一个人。这种价值观，是很典型、很香港的。每一个香港人看周星驰的电影，都在投射自己就是那个"英雄"，大家也认同这个价值观，那些帮他的人自己活该。所以我说，周星驰的电影其实是一种"精神鸦片"。这种价值观，是完全违背创业讲求"双赢"的理念的。

近年，有一些香港新导演已经在反思这个问题。最近有一部电影叫《打擂台》，导演叫郭子健。故事讲的是几个小年轻找不到自我，突然有一天遇到几个武林高手，就跟他们学功夫。假如用周星驰的逻辑呢，他们大概就会慢慢练功，最后也成为一个武林高手，称霸天下。但是《打擂台》的逻辑呢，是最后你练功，练练练练练，练到最后你发现自己根本就是个废物，根本不可能成为高手。于是，你慢慢改变了练功的初衷，发现练功有助于强身健体，有助于你改善和身边朋友的关系——练功不再只是为了成就自我。这是香港人整体心态一个很重要的转变，年轻人已经清楚知道自己不可能成为"英雄"，大家渐渐开

始学会去关心身边的人。回到创业上呢，就是大家慢慢开始懂得，做生意不是只要自己赚钱，同时还要照顾到身边其他的人，要"双赢"，这是一个很重要的观念的转变。但是这一转变其实是很难的，你看全世界好了，几乎所有人创业都是为了自己赚钱。表面上他会说一些冠冕堂皇的话，什么为了全人类啊之类，但是实际上呢，你卖iPhone，为什么先出黑色再出白色，为什么不一次出完？不就是为了赚更多的钱吗？

没料的人才到处宣讲创业经验

许：因为大家都希望创业（其实说白了就是希望发财），所以各种"创业精英"也开始贩卖起他们的"创业心得"来，比如马云、唐骏等，到处演讲、出书。唐骏的那句"我的成功可以复制"更是成为名言。请问香港有没有类似马云、唐骏这样的人物，可以成为万众倾慕的"创业偶像"？

汤：应该这么说，这类人物，在任何一个社会里面都会很多的。香港来说的话，比如曹仁超啦，他在香港随便开一个讲座，人都会多到爆棚。

许：但是曹仁超讲的是投资，不是创业，和马云、唐骏的情况不太一样；马、唐本身是成功的"创业家"，出来分享心得。

汤：要是这么说呢，香港人除非是需要出来见人以加强他的社会资本，否则他们都不会出来露面的，应了中国人那句老话：人怕出名猪怕肥。香港人是不想让别人知道自己赚多少钱的，尽量要掩饰这一点。基本上，你要跟人分享你自己的创业心得，对你自己来说是没有好处的，你不会真的把自己成功的秘笈告诉别人，你上去讲，基本上也是讲一些人所共知的常识，或者你是在进行一种表演。香港的例子呢，比如说阿苏（苏施黄，节目主持人），她平时在电视台主持美食节目。最近，她在香港租了一个戏院，一个人在上面讲，教你怎么在最短的时间内赚到第一桶金。她虽然不是什么公司老板，但是从一个默默无闻的人到现在这样妇孺皆知，也算成功了，所以也可以算是一种分享"创业经验"啦。但是她不见得只是在分享自己的成功经验，同时她也是在赚取自己的知名度。对于那些真真正正创业成功的人来说，他们是没有必要站出来跟人分享这些东西的；而那些站出来的，通常又是些没有料的人物。像阿苏讲的那些东西，像脱口秀一样，嘻嘻哈哈一个多小时。

香港人还有一个特点，就是被教育狂。其中的原因，就是我之前所说的，香港人是没有判断力的，是无知的。因为无知呢，导致香港人有一个表现，就是什么都要学。香港人会希望通过学习，读一个莫名其妙的学位，大家都知道读这个学位没有用，但是大家同时又觉得读了一些东西会安心一点。我身边的一些朋友，基本上已经到达一个非常疯狂的地步了，每一晚都要去上课，假如不去上课，他就觉得非常没有安全感。所以，你不要说马云、唐骏这些名人，在香港随便办一个班，都有很多人涌去报名。这个现象能够让我们看到社会上的人是多么没有安全感，只能找一些外在的东西帮自己打气，就算这些东西没用也没关系，香港人喜欢用"努力"来换取自己的价值——我努力了，我付出了，如果还不行不关我的事。在现在竞争如此激烈的环境下，大家就是用这种心态来平衡自己内心的不安的。到最后，比如说我老婆责怪我赚不来钱的时候，我可以说："别骂我啦，所有的课我都已经听了，所有可以做的事我都已经做了，我已经尽力了。"

许：那你觉得在内地，人们对马、唐趋之若鹜，是不是也有类似喜欢"被教育"的心态？

汤：我觉得这种模式在内地应该是更加成功的，因为在内地，资讯没有香港这么流通。每一个"成功人物"，基本上都有很多"灰色故事"，这一点相对来说在香港非常难，传媒那么发达，什么老底都被挖出来了。但是在内地，由于这些"成功人物"很神秘，所以就比较有吸引力。加上因为神秘，反而就有很多传说，这些传说可能会变成"传奇"。

创业有可能变成一种生活方式吗？

许：我在生活中遇到过这样一种人，自己在企业或政府里有一份收入不菲的工作,有了这份工作作为保障,他又在外面经营了一份自己的生意(比如开书店、服饰店),完全作为自己的爱好。对于他们来说,上班是职业,创意是事业,两者分得很开。您觉得创业能否作为一种爱好而存在,在有机会的时候不妨一试,没机会的时候还是先找一份稳定的工作养家糊口？

汤：或许我可以分享一下自己创业的经验。我大学毕业之后和朋友开过一家店,是专门卖电影海报的。最早开在旺角一个潮流集中地,你在香港想买什么流行东西那里都有。店开了差不多一年之后,我们又增加了两家。现在你去油麻地的百老汇中心,里面的那家电影精品店,原先就是我们开的,后来他们收回去自己经营。

我开店有什么样的感受呢？ 第一,之前也讲过,收益的九成都给了地产商。当时是1994年,我那间七平米的店面,每个月要交8000港币租金。做了不到一年我就撤股了,把所有股份都留给我的拍档,他做了几年之后也全部倒闭了, 结果就转向在网上做, 还是卖电影产品。第二,我从一开始创业的时候,我的想法就不是为赚钱而去的,我也不相信做这门生意可以赚到第一桶金, 假如要赚钱不如跟曹仁超去学炒股啦。那么,说回你的问题,可不可以把创业当成一种兴趣。我觉得，如果有条件，还是可以而且应该去尝试的。为什么呢？因为如果你不去尝试，你不会知道这件事是不是真的是你的兴趣所在。创业其实是一种"鸦片"，有创业冲动的人都会觉得自己怀才不遇，觉得自己被老板压迫，觉得自己有能力杀出一条血路。但是你怎么知道自己是不是真的有能力呢？唯一的办法就是去尝试。尝试的结果有两种：一，失败，二，成功。但是成功之后你还是会发现（就好像我一样）：把人生中这么多的时间和精力投在里面，其实是很不值得的，一开始是兴趣，做到后来变质成一种负担了，不一定会给你带来快乐。这就好比，全世界不知有多少亿人都说自己有兴趣写作，但是真正有几个人能写好呢？所以，创业是值得尝试的，尝试的目的是为了让你更好地了解自己，而不是赚钱。

许：如果能成功，恭喜你，可以把它作为一种生活方式。

汤：对。但是一开始的时候，对自己要求不要太高。简单来说，我觉得创业的前提是：全部亏光，你不紧张。

许：你当时为什么撤股？是不是觉得创业变成你的累赘了？

汤：当你经营一家店的时候，自然会遇到很多问题。比如，伙伴之间未必配合得很默契；比如，大家对发展的规划不太一样；又比如，我卖电影精品是怀抱理想的，当我找到一份极其珍贵的电影海报的时候,竟然发现没有人识货,没有人愿意掏钱来买,相反,随便弄来一张《霸王别姬》的海报,就可以卖两千多块——你说,这种情况是不是让人很失望？原来他们根本不管东西的好坏，他们买的只是一个名声。你作为老板,你的品位无法帮你赚到钱,你千辛万苦找到的一张海报没人赏识。没错,你是可以赚到钱,但是我告诉自己我不想赚这样的钱,于是就不玩了。另外,因为这样的事情与朋友发生理念不合,我会想,朋友永远比生意重要,何必为生意伤了友谊,不如我撤股啦。

许：当时一张海报可以卖到两千多块,是不是跟香港经济好有关？

汤：其实香港经济一直都没什么太大的变化。当然,最好的时候是20世纪80年代,那个年代的关键词是"鱼翅捞饭"。每个人,今天赚来的钱今天就花掉,因为明天一定能赚到更多的钱,这种情况一直到20世纪90年代上半期都是如此。我记得我从日本留学回来，在报馆工作的时候,做了不到三个月,工资就涨了一半。当时自己没做什么啊,在公司里糊里糊涂的,但是不理你的表现,反正有钱大家一起赚,于是大家也都不认真工作。

许：这种社会就很适合创业啦。

汤：对呀,所以很多人都会搞一点产业,反正亏了也没关系。

许：这种情况跟现在的内地很像，反正大家赚钱容易，也愿意花钱，对奢侈品又都没什么概念。有人随便找来一瓶红酒，说这是法国来的，就可以卖几千几万块。

汤：这也和我之前所说，内地存在很多灰色地带有关。你如果在香港这么做，几乎是不可能的。这瓶酒从哪里来，价值多少钱，很容易就可以查到。

许：为什么现在的媒体总是一味地宣传创业成功的案例，给人的印象好像是只要你去创业，就一定能赚钱似的。类似的情况也出现在股市上，媒体轻描淡写地说一句"股市有风险，入市须谨慎"，但是主力还是放在宣传一些人如何一夜暴富上。然而，实际的情况是，根据2010年上半年《解放日报》的报道，各省大学生创业的成功率，最高的浙江省也只有4%而已。为什么现实和媒体的报道会有如此大的差距？

汤：我觉得这个问题是有一个前提的，就是：我们总以为媒体是希望反映现实的状况。但是我们常常忽略了一个事实：媒体本身是一个商业机构，它本身也是需要通过提高收视率、卖广告来赚钱的。其实，媒体所宣传的很多东西，媒体自己也不相信的。但是他们就是要给观众"造梦"。当一万个创业的人里头有一个成功了，通过媒体把他放大出来，制造一种幻觉，这个人就可以给其余的九千九百九十九个人希望，大家都觉得可以朝这个方向去尝试。这真是蛮悲哀的。悲哀的地方在于,我们现在的媒体已经发展到一个地步,他们不再帮助人们去认识这个社会;相反,只从他们自身的利益角度出发去报道。

【采访时间】2010年11月11日

【采访地点】香港沙田新城市广场UCC咖啡厅

许子东：
考研不如去留学

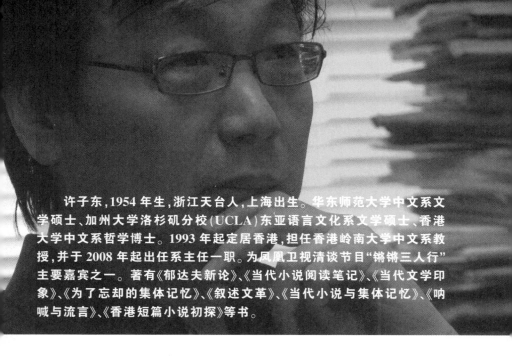

许子东，1954 年生，浙江天台人，上海出生。华东师范大学中文系文学硕士、加州大学洛杉矶分校（UCLA）东亚语言文化系文学硕士、香港大学中文系哲学博士。1993 年起定居香港，担任香港岭南大学中文系教授，并于 2008 年起出任系主任一职。为凤凰卫视清谈节目"锵锵三人行"主要嘉宾之一。著有《郁达夫新论》、《当代小说阅读笔记》、《当代文学印象》、《为了忘却的集体记忆》、《叙述文革》、《当代小说与集体记忆》、《呐喊与流言》、《香港短篇小说初探》等书。

你说要我对中国的考研提什么意见，我提不出什么意见。我觉得最简单的方法，就是叫那些考研生"胸怀祖国，放眼世界"，把全世界都看成可供你选择生活的地方。别老想着考研，也想想留学吧。

我觉得美国的中小学太注重"快乐"、太注重"玩"了，在中国上中小学，反而可以多读点书；到了大学呢，美国大学太贵了，每年四万美金，中国大学这么便宜，每年只要四千多块人民币，你就好好在中国读书；读完大学，读硕士或者读博士再去申请美国的奖学金，这样真是太划得来了！美国人从上小学走到大学毕业这一步，老爸老妈的钱，半栋房子都被他们花掉了，没钱了。

内地的学生眼光放开一点，现在的世界不是一个国家，而是一个整体，你打开电脑，全世界都是相通的。中国的中学、大学虽然存在很多问题，但是你要想想，你念中学、大学的成本是很低的，只要花一点点钱就能读到很多东西了。

你讲"回报率"，你去外国拿"回报"啊，笨！你在内地读完大学，根本不需要走什么后门，硬碰硬去申请，就可以把他们那些之前在"玩"的人挤掉。而世界上就有像美国这么"蠢"的国家，她不资助自己的国民，只要是成绩好，不管是从哪个国家来的人，他都把纳税人的钱拿来资助你读书。

——许子东

许子东的淡定

任意翻开一张唐朝地图,仔细察看东部沿海,就会发现一个"奇异"的细节,那就是:所谓中国近代史上最重要的城市——上海,在那时根本不存在。不是说中央政府没有设立这样一个行政单位,而是说,这片土地根本尚未形成——她还只是一片汪洋大海而已。上海是一个多么年轻的城市,由此可想而知。

但是,没有人会否认上海在中国近代史上的地位。她是中国最早开放的通商口岸之一,是中国最早接受西方文化的窗口;她的繁华,代表了整个中国的繁华;她的没落,代表了整个中国的没落;她的复兴,代表了整个中国的复兴。这就是上海。

上海人在中国人中,无疑是独特的一群。香港中文大学历史系主任梁元生教授,在《晚清上海:一个城市的历史记忆》(广西师范大学出版社 2010 年 6 月版)中,解读出上海人之所以独特的缘故,因为上海人中的一部分是——"双视野人"。

何谓"双视野人"呢?大致包括三类人:官吏、绅商、文人。这三类人的与众不同之处在于:"就肉眼可以看得见的世界而言,即市容与景观所表现出来的'视阈'(landscape),这几乎是所有清末上海市民都可以见到的;但'双视野人'不单可以从市容景观和环境生活看到不同的世界,也从价值取向、精神意识的'看不见'的范畴中看到两个存在的'心眼视阈'(mindscape),并在此不同世界中徘徊、选择,感受到两种文化之中的张力,并达到某种程度上的'视野融合'(the fusion of horizon)。"(71页)"双视野人"是中国"开眼看世界"的第一批人,他们首先熟谙中国文化,然后或借助书本去了解西方文化,或亲身实地前往西方世界游历,把自己变成一个"文化受精卵",然后孕育出新的"文化胎儿"并将之抚养长大。

那么,"双视野人"又有何特别之处呢?根据梁教授的解读:"清末的上海正处于传统与现代并存交替、中西文化相互冲撞的一个局面。有不少的人还是相当保守的,厌恶新的事物,不愿接受新的世界;也有一小撮人崇洋媚外,彻底西化,这两类人皆是'单视野人',看不见两个世界各有可取的成分。"(91—92页)"双视野人"扮演的角色,恰是穿梭在中西之间,调和双方信息,找到一个平衡点。例如上海人李钟峨,曾于1887年访问英属新加坡,并写下《新嘉坡风土记》一书,对英国在殖民地实施的各种制度,包括防火系统、供水系统、教育系统、医疗系统等等,做了相当正面的评价。日后,李钟峨成为上海城厢总工程局主席,大力改善上海城区的公路、电力、水力等公共设施。他的政绩，与他是"双视野人"的身份密不可分。

　　"双视野人"的角色，在今天的时代，或许可以翻译为"文化经纪人"。欧洲工商管理学院的罗纳德·博特先生，曾经提出"结构洞"的理论。"结构洞"的核心思想是："经纪人通过联系不同的社会群体，控制结构洞，能够创造出各种利润丰厚、影响深远的机会。"也就是说，一个"文化经纪人"必须有掌握融合各种社会资源的能力，才能把创造出一种新的文化。在任何一个团体里，信息都是错综复杂的，只有那些善于整合不同资源的人才能最终胜出；相反，闭门造车的人只能把自己逼入死胡同。

　　许子东老师可算是 20 世纪下半叶上海"双视野人"的代表之一。他的父亲是上海某大医院的院长，在沪上非常有名。许老师求学的时候，正好是"文化大革命"时期，社会上普遍流行"避文趋理"的心态。他亦不能免俗，一开始在一所大专学习冶金电气自动化。然而，他虽然屈身学了理工科，但是心中依旧对文学念念不忘。除了大量阅读能够找到的文学作品以外，还坚持写小说。后来，在一位文学前辈的鼓励下，他决定考研，结果一举考上了华东师范大学的文学硕士。不过，现在回过头来去说刺激许老师考研的关键一步，还真觉得有些谐谑和造化弄人的意味。事情是这样的——

　　当初许老师在念大专的时候，喜欢上一个在图书馆工作的姑娘，于是便展开追求，每天骑着自行车去献殷勤。那姑娘或许是因为在图书馆工作吧，读了些乱七八糟的文学作品，外加有几分姿色，便欣欣然觉得自己是"公主"级的女子起来，认为自己应该起码嫁个"名门望族"、"高干子弟"啥的。终于有一天，她跟许老师提出了分手。许老师直到现在都还清晰地记得当时的场景："我站在门外对着里面的一面镜子看着自己，戴着一副眼镜，穿着一件紫红色的汗衫，我对自己说：'人家是不应该理你，你看你现在算什么呢？你又不漂亮，又没钱，又没地位，你什么都不是。人家一个在图书馆工作的人凭什么理你？'……我对自己产生了一个巨大的怀疑：'你什么也不是，起码你得是什么吧？'那怎么才能'是什么'呢？我又不会偷不会抢的，好吧，那就考研吧！"是不是很好笑？居然因为被人甩而去考研。

在华东师范大学拿到硕士学位之后，许老师又去美国加州大学洛杉矶分校(UCLA)拿了东亚语言文化系文学的硕士；紧接着，双硕士的他重返华人世界，在香港大学拿了哲学博士学位，然后就一直定居香港，做了香港人。现在，许老师是香港岭南大学中文系的主任，除了教书以外，还要负责不少行政工作，也经常满世界飞，现身各种文学研讨会和文化活动。如此"周游列国"，你能说他不是"双视野人"吗？

"双视野人"是见过世面的，在面对同一件事的处理方法上，他可以换不同的思维，选择不同的角度来切入分析。所以，许老师给问题提出的解决方案往往颇有创建、与众不同。

他时常出现在凤凰卫视"锵锵三人行"节目里做嘉宾主持，并常和梁文道搭档。网友们给许子东、窦文涛、梁文道所贴的标签分别是："刻薄"、"浅薄"、"渊博"。这当然是一句玩笑话。但是即便是玩笑，多少也反映出一部分的现实，我觉得起码表现出大家觉得许老师的话语非常犀利。许老师最擅长在话语中穿插春秋笔法、微言大义，你若没有正话反听、反话正听的能力，还真容易曲解许老师的意思。

我在与他的交谈中，就曾经领教了他的"刻薄"。比如说，我已经大学毕业快两年了，和我同届毕业而去考研的同学，现在也快研究生毕业了，于是我便替他们向许老师问了一个问题："我的一些读研究生的朋友到毕业时都后悔，因为毕业了还是得去人才市场找工作，由于没有工作经验，竞争力反而不如那些不读研究生直接参加工作的同学。你说他们读这个研究生是不是很亏？"

许老师不假思索地说："这就真的要看你读研究生的用意是什么了，或者说你爱不爱你所读的东西。要是你读研的目的是为了更高的社会地位、赚更多的钱，那么你可能真的'亏'了。读书本来就不是为了让你得到这些东西的。你要想想，别人虽然有两年的工作经验，但是别人很辛苦，又在浪费时间，你却可以用两年时间读很多有用的书。如果你不想到这一层的话，那真是'白读'了。说得难听一点，那些不好好读书，整天就知道帮导师做项目的人，本来就不是读书的料。"我那研究生即将毕业，帮导师做了两年项目的同学，如果听到这样的回答，或许要当场吐血了吧？

　　香港有很多上海人。上海人能闯，改革开放以后有不少来到香港的，也有不少在国外创业多年积累财富之后又来到香港的。我觉得从1949 年以后，香港之所以能一直生机勃勃，取代上海成为中国对外的窗口，很大程度上就是因为人口的不停流动。这对一座城市来说，无异于不停注入新鲜血液，带来新思想的碰撞，创造源源不断的"双视野人"为其服务。

　　"双视野人"在过去和现在乃至将来所发挥的作用，我想都是一样的，就是在几种不同的文化间起到一个"桥梁"的作用。因为理解，所以宽容。假如是"单视野人"，往往会因为对外来文化缺乏了解而产生排斥心理。相反，只有越了解他者的文化，反而就越能做到兼容并包、水乳交融。因此说，上海之于中国的意义，其开中国社会风气之先的精神，便在于此。将来她要是还想继续保持这一地位，不得不依靠"双视野人"。另一方面，如果中国的哪一座城市，也希望像上海一样，成为时代之"风向标"的话，不是跟上海比经济，而是要跟上海比"双视野人"。

　　过去由于信息闭塞，"双视野人"的形成受到地理环境的影响；但是在今日，在互联网如此发达，搜索信息如此便利的情况下，我相信无论你身在何处，都有能力成为一个"双视野人"，问题的关键在于你想不想。许老师给考研诸君提出的建议"考研不如去留学"实际上也是在劝大家有机会到外面去走一走、看一看，努力成为一个华丽的"双视野人"。

从大专直接升到硕士

骥：香港读研究生有几种方式，是通过考试还是申请？

许：香港的硕士制度目前有两种，一种叫MPhi，这种是正规的，写论文的，有资助的。读完MPhi就可以读PhD，这种呢，学校里一般都有一定的名额限制。但因为这个名额少，所以作为一个补救，近年来越来越多出现一种叫MA。MA没有补助，是学校自己办的，要上课的，通常读完了就不读博士。所以，其实香港现在是一种"双轨制"。和内地不同的是，无论读这两种中的哪一种，都是不考试的，通过申请，根据你大学的成绩、研究计划、面试时候的表现，来决定录取与否。

骥：香港现在读研究生的人多不多？

许：读MPhi的不多，因为涉及政府资助。在香港读到MPhi，就等于打一份工，平均下来一个月能拿到一万多港币。出去找份工作，辛

辛苦苦，也就一万多一个月。而且读MPhi最后还能拿到学位，所以有很多人申请。但是名额不多，老学校，像港大、中大稍微多一点，像岭南大学这样新的学校就很少。按照大学生的百分比来说，我想大概不会超过百分之十能申请到MPhi的。但是加上MA呢，比例会高很多，读MA的人还蛮多的。读MA的人很多已经参加工作了，他们需要硕士学历升职，也有的人，比如在中学教书，学校会出钱让你去读MA，有时候也不一定自己出钱。

骥：能说说你考研的经历吗？

许：我当初是在一所工科学校念大专，读了两年，成绩其实还不错，但是业余还喜欢文学，自己也写小说。有一天碰到一个有名的"五四文学研究会"的老作家，他鼓励我可以考研究生。按照那个时候的规定，不管你大学读到几年级，只要你能通过考研的考试，你就等于大学毕业了。所以，我只读了两年的大专，花了两三个月的时间准备考研，考取了，我就"大学毕业"了，但实际上我是没有大学本科文凭的，但是后来我有硕士、博士文凭。因此，对我来说，考研非常重要，使我从一个工科大专生，直接变成了华东师范大学的硕士研究生。

骥：你当时考试的内容有哪些？

许：最重要的是外文，我考的是日文，然后有一门政治，另外还有三门专业课，其中最重要的一门是"作文"。我还记得题目，印象非常深刻，叫"给友人的一封信——谈谈中国现代文学"。我后来才知道，我那一届一共取六个学生，有将近两百人考，整个房间坐得满满的，有很多后来有名的作家当时都在，因为那一年是"七七届"嘛，他们也想读两年大学就直接上研究生。这一两百个考生有一个筛选的过程，筛选出大概十几二十个人。在这个过程中，导师是看不到学生的卷子的。要等到只剩下这十几二十人的时候，我的导师钱谷融教授，才看到我的卷子。主要就是看那篇"作文"，其他的什么政治啊、日文啊他都不管。

香港学生考研就是为了赚钱

骥：香港学生读研究生和内地学生读研究生相比，有没有什么特点？

许：香港的学生比较现实，因为香港的经济压力很大。过去在香港，对于一个中等以下家庭来说，孩子能读上大学，就是一个很大的成绩了。因为香港原来的大学生很少的。在1967年以前只有2%，现在呢，应届中学生考大学的录取率也只有17%，这已经是在1997年前后香港大学急速增加，从两家变成八家之后的数据。但是这个数字，还是远远低于北京、上海的50%，也低于全中国包括所有农村在内的

30%，更不要说台北，差不多是100%，美国、日本都是60%、70%。所以，香港的中学生进大学的比例是全世界"最低"的，尤其是跟发达国家和地区相比。

造成这一现象有很多特殊的原因。比如，香港有很大数量的中学毕业生出国留学，可能有20%会去英国、澳洲、加拿大这些国家，再加上什么副学士啊乱七八糟的，理论上有很多中学生都能"读大学"。但是，在香港中学生进大学依旧是一件比较难的事情。因为进大学比较难呢，于是造成了香港社会的一个"惯性"。

你知道，香港是"劳心者治人，劳力者治于人"现象非常明显的社会。你要是没有大学毕业，替别人打工，工作几十年，工资还是每个月一万块，做个出租车司机两万块，大不了是这样。可是大学一毕业，找一份正常的工作，每个月就有一万五、一万八。换句话说，一个家庭如果父母收入都是一两万，养了三四个孩子，他们会非常期望孩子能够上大学，赚钱添补家用。所以，香港学生读研究生就会有非常现实的考虑，要么我得到资助，要么先找到工作然后读MA，必须先保障基本收入。很少有父母说："你继续读吧，学费全部都我来支持。"这种情况如果有，那父母也会选择把子女送到国外去读书啦。

去海外读书的学生又有两种情况，要么成绩特别好，要么成绩特别差，考不取香港的学校，就到海外去混一个文凭。所以说，香港的学生很现实，因为环境很现实。现实不代表他们读书读不好，但是，读研究生基本的动力是出于经济的考虑。

内地的学生来香港的话，当然也很现实的。他们之所以来香港读书，就是因为香港有这么多奖学金嘛。每个月一万多，一年就十几万，读博士一来就读三年。所以在内地的报纸上你常常能看到，某人得到港大四十万奖学金。其实不是给你四十万，这些钱也只够每个月的基本花销。有很多内地学生，放弃清华、北大来香港读书，为的也是这个目的。

骥：有没有纯粹为学术的目的而读研究生的人呢？

许：学术是后一步的事情。在现代大学教育这么成熟、这么普及的情况下，你要大学生建立起自己的学术理想，可能是奢求，这只能针对少数人，个别的天才、人才来说了。以前按照内地的说法，大学生是"天之骄子"。其实现在应该改变这种看法了。现代教育的目的不是为了培养人才，受教育是每个公民基本的人权。所以，受过大学教育的人不要把自己当人才。而且，大部分大学毕业的人也没有想好自己这辈子要做什么，甚至于在选择读什么专业的时候还犹犹豫豫，就算是读了研究生以后，将来要做什么，还在犹犹豫豫。这跟我那个时候很不一样了。我那个时候读研究生的人，一方面人数很少，另一方面经历了十年"文革"，大浪淘沙，很多人读研究生的时候就拿定主意这辈子就做学术了。

被女孩甩促成考研

骥：你当时读研究生的目的和初衷是什么？

许：我读研究生有偶然性也有必然性。从必然性来讲，是因为我读的是工科大学，学的专业是冶金电气自动化，毕业以后会到日本培训，然后到宝钢工作。当时经过"文革"，没有多少人愿意读文科的，包括我爸爸妈妈都说"文科危险"，而且文科很"虚"，学数理化比较"实在"。但是在读的过程中，我就对我的一生产生了怀疑。如果我做电气自动化，我这一辈子，就要把我的工作和我的爱好分开来了。而我的爱好是什么，我自己也很清楚。所以，我读研究生的基本动力就是要把我的工作和我的爱好结合起来。

当然，也不能讳言那个时候读研究生也算是一个成就，大家会很羡慕。讲得难听一点，就算是"找朋友"也容易一点，这就是"偶然因素"。那时候我认识了一个女孩子，约会了两次就把我给甩掉了。我到现在还记得那个场景，我在上海百老汇舞厅——当时还是一个旧家具店，我站在门外对着里面的一面镜子看着自己，戴着一副眼镜，穿着一件紫红色的汗衫，我对自己说："人家是不应该理你，你看你现在算什么呢？你又不漂亮，又没钱，又没地位，你什么都不是。人家一个在图书馆工作的人凭什么理你？"其实现在想想那个女孩子也挺肤浅的，她洋洋得意地告诉我她的一张照片被照相馆放在橱窗里，我还骑着自行车跑去看，就那么傻乎乎的。可是在照镜子的一瞬间，我对自己产生了一个巨大的怀疑："你什么也不是，起码你得是什么吧？"那怎么才能"是什么"呢？我又不会偷不会抢的，好吧，那就考研吧！就这么简单，全靠那个女孩子甩掉我。

当然，在做出这个决定之前也有过很长时间的理性思考。我之所以能在三个月之内把考研准备好，跟我平常花了工夫有关。人啊，做事情的动力有时候是很复杂的，有学术的原因，有社会功利的诱因，也有偶然的促因，这是一个合力。为了功利的目的去读研究生也没有什么可非议的。陀思妥耶夫斯基为了还债去写长篇小说，照样是世界名著；有的人在家里闷着头说要创作世界名著，你看吧，他一辈子都在发梦。不能从一个人做事的动机，来否定他所做的事。

骥：为什么很多人会把读研究生看作人生中很重要的一件事？

许：这和中国人"唯有读书高"的传统有关，即便是在社会最乱的时候，中国的老百姓还有尊重读书人的习惯。关键是过去"名"和"实"比较相符，能读书的人少，能读上研究生的人更少，能读上以后真的觉得自己是凤毛麟角。现在基数扩大了，大学生人数很多，研究生人数也很多，其实在现在中国社会里，读研究生已经不算什么了。如果你还用传统的眼光把自己看得很高，觉得自己不是一般人，不用

洗碗了,这是不对的,需要慢慢做心理调整。

以前在香港,大学生出来都有人抢着要,更不要说研究生。过去内地研究生也少,毕业后自然就吃香,比较容易找到工作。其实说工资呢,也不见得很高,只是比较容易进报社啊、出版社啊、大学讲师啊之类跟专业对口的工作。现在找这些工作压力都很大,位置都很满。过去社会竞争没那么大,大家的钱都差不多,这种时候研究生自然就很受尊重。现在呢,可能一个开饭馆的人赚的钱也比读书人多,所以研究生就没有以前那么高的尊严了。这也没什么,价值观多元了嘛。

香港现在愿意读博士的人不多,因为读了博士就要想办法到大学里找工作,但是大学里很难找工作。现在一旦有一个位置空出来,全世界几百个名牌大学毕业的人都来申请,不容易得到。所以很多人看清这个工作前景,就不读博士了。中国内地现在还在盲目地往前走,创造这么多博士、博士后,就业机会如果没有及时扩展的话,这些毕业生会慢慢成为问题。

骥: 你觉得读研究生应不应该考虑"回报率"的问题?

许: 我觉得还是要看什么情况。硕士这个阶段很难说,因为在现代社会,硕士谈不上很知识分子,也谈不上是很高的学历,在某种程度上说它也是一种"职业培训"。那么,在这种情况下你可以期待"回报",尤其是读"会计"之类的专业。但是另外有一些专业,你一开始就知道它是"没用"的，但是因为你喜欢才去读。这个时候你就要想清楚。现在大学普及了，所以大学生别把自己当知识分子，你只是接受"通识教育"。在这个阶段你就要想清楚，你有三种选择——

第一种：你想要活得比别人好，你要得到更多的回报，那你就选择任何一条路，哪里回报率高就往哪里走，哪里回报率不高就马上掉头。

第二种：你要是觉得你这辈子不在乎回报，只要一个过得去的生活，你最大的快乐是可以做出成绩，可以做你喜欢的事情，这类人特别适合考研。对他来说，研究生毕业活总是活得下去的，不要跟人家比较。都开车，别人开宝马，你开比亚迪，那又如何？走在路上没什么分别嘛！开宝马的人走在路上，满脑子想的都是"偷菜"，而你脑子里在想天文学的一个星体——你的人生比他丰富多啦！这种人，想明白了，一路走下去也很好。

第三种：两者都要，又要活得比别人好，又要有精神上的追求，脑子里想着"我要做杨澜"，这样的人特别难选，又要选择那些特别热门的、特别有回报率的专业，又要读得特别拔尖，对自己的抱负很大。这个世界就是这样，你要求的越多，需要付出的也就越多。

我觉得如果我是大学生的话，在大学阶段，我就会把这些问题想清楚，想清楚我要走哪一条路。如果你这辈子只关心房子比别人大、车子比别人好、老婆比别人漂亮，那么，考研对你来说一定不是一个好的选择。

有机会考研,还是考研好

骥:你觉得一个人在大学里就能够把这些问题想清楚?

许:对,应该想清楚。

骥:但是就我的观察来看,大部分学生是想不清楚的。一般到大四的时候,无非三条路可走:就业、考公务员、考研。就业,找工作太难了;考公务员,不想二十几岁就抱铁饭碗浪费青春;所以,大多数人自然而然就会走上考研的路。大家根本就不会去想你刚才所说的那些问题。

许:所以这就是问题喽。一个人在大学里是怎么想的,这一辈子就是怎么想的了,后面不会发生太大的变化。我在大学里的时候就想,如果能做到第三种当然最好,但是做不到的话,第二种是要确保的,我一定不做第一种,因为第一种不能给我带来最大的快乐。

你说的三条路:就业、考公务员、考研。如果放到香港的研究生身上来说,前面说过了,因为经济压力大,所以对他们来说就业是第一位的,考研也是一份"工作"。对香港学生来说,首先要有收入,不能再靠父母吃饭,尤其是对中等以下家庭来说。那些住在公屋里的,还有弟妹要照顾的,哪里还奢望谈得上要父母给钱继续读书呀?在资本主义社会里,大家都很清楚,理想必须要以经济为保障。有了工作以后,他们才开始考虑其他问题。有的人结婚,买房子,成为辛辛苦苦的中产阶级;有的人攒钱读书。我就认识这样的朋友,读完MPhi,把在《信报》好好的工作辞掉,到北大去读研究生。内地有些人要读研究生的,家境不是太好,其实没有必要非得要坚持读研究生。就算你脑子里觉得以后会成为一个"大师",但是你怎么忍心你的父母生病了还要继续工作,只为了供你读书呢?至少在没有充分显示出你的"天才"之前,我觉得这是不应该的。除非你已经得到"所有人"的认可,觉得你很有前途,这时候你还可以得到"公共资助"啊。

但是话说回来,我个人觉得有能力、有机会考研,还是考研好。因为人有时候不知道的潜力有多少,自己是十个人里面最优秀的呢,还是一百个人里面最优秀的呢,还是一千个人里面最优秀的呢,还是一万个人里面最优秀的呢?这个问题不是扪心自问、半夜关起门来想想就能够得到答案的。有很多学校的制度弄不好就很容易把人给毁掉。像香港中学的"分级"制度,分成一二三级,有些人只差几分,就掉到第三级去了,这样的人给自己的定位就很现实了。

考研有个什么好处呢?理想主义地说,考上研究生,如果你有什么特殊的才能的话,可以利用这个平台发挥出来。如果不考研究生,大学毕业马上就去工作呢,起码在学术方面就没什么希望了。比如说你去做销售，你的"才能"就只能全部发挥到销售上面去了，你没有机会去试。所以，如果有可能去读研究生的话，为什么不去试试看呢？再说，内地现在读研究生也是有补助的吧？

骥：分"公费"和"自费"两种，"公费"每个月补助不多，也就几百块，"自费"学费挺高的，每年要两三万。

许：每年两三万也不高啊，你看美国的学费，读个大学每年就要四万美金。所以，虽然现在考研存在各种各样的问题，但是多给自己一个机会吧，不是坏事。但是中国的现状很难说，我刚才讲的都是理想状态。中国的问题是：第一，人口基数太大，研究生扩招得太快；第二，大学现在学术腐败特别厉害，很多人不是在追求学问，都是在这个制度底下谋求个人的好处，因为他们的基本收入没有像海外那么高，大家都搞各种项目，甚至去炒楼。总之大学里面本身就乌烟瘴气，所以影响到研究生也觉得自己没出路。

作为研究生，看这些老师们，学问好的混得不好，混得好的人呢其实没什么学问，所以弄得都很"精"，平时跟那些主任啊、书记啊混得好，等到要写推荐信的时候呢又叫学术权威帮他们写。学生们把学校里这套价值观的分裂看得很清楚。其次，现在找工作很难，想要研究生毕业留校也很难，尤其是从小城市往大城市发展，特别难。去年我的研究生毕业，想到内地的高校教书，我也是帮着费了很大的工夫最后才找到工作。要是能找到大学教职，其实跟做公务员差不多，虽然钱不多，但是稳定，各种好处还是不少的。所以，我真是觉得考研和工作没有太大的差别，工作中会遇到的很多麻烦，读研究生的过程中同样会遇到。

┃内地学校办得像衙门┃

骥：香港对导师帮研究生找工作有没有"硬性指标"，有没有"就业率"一说？

许：内地的"就业率"很荒谬，香港当然没有这种制度。老师完全没有义务帮学生找工作，老师的责任就是在学校教书，学生找不到工作跟老师有什么关系？在香港，老师是出于道义帮学生推荐工作，而且一般也就针对博士，硕士根本不管。而且，香港的学生也不会对老师有这种要求，他们都很早就自己去找工作。

另外，内地这种考察"就业率"的制度，从技术上根本也是做不到的。为什么呢？因为如果只说找工作的话，什么样的工作都是工作啊，关键在于你愿不愿意去啊，对不对？找工作还不容易，我明天介绍你去快餐店做经理；你不去，那是你的问题。我作为导师，要完成任务，也太容易了。关键是要找到学生满意的工作。但是学生的满意度在哪里呢？你说你如果一定要去哈佛教书，那就不可能啦，是不是？我做老师的都去不了。这个制度是有些可笑的。

不过呢，无论海外还是内地，尤其是华人社会，老师帮助学生，特别是帮助自己喜欢的学生，这是人之常情。但是要帮不到也没有办法呀。不要说老师帮学生了，就是父母帮小孩找工作，小孩找不到也没办法呀。哪个父母能保证帮小孩找到工作呢？总不能说小孩找不到工作，父母就开除吧？下一次不能做父母了。

骥：随着考研人数的增加，考研班也应运而生。前几天我在微博上看到评选"当代最大的卖国贼"，俞敏洪列第一位，说他把中国的人才都送到国外去了。你怎么看考研班？

许：送到国外去的不一定都是人才啊，他们只是提供一些考试的培训。再说也很难说什么卖不卖国，清华大学一开始就是为了向外国输送留学生而开设的，最后也变成好学校了，这没什么坏处。

骥：你考研的时代有没有考研班？

许：我那时候没有。我不是说了吗，自己一拍脑袋，在家读了三个月书，就去考试了。香港倒是满街这种培训班，但我没有接触过，不敢随便发表议论。我总觉得一个人走到这种地步，要去参加培训班，要靠补习，就别读书了吧。我记得我当年考试的时候，也就紧张一门外语，其他都是可以自己搞定的。所以我那时候最紧张的就是外语，走路的时候都拿着字典背单词。

骥：那些在读研究生的人，面对花花绿绿的世界，物欲横流，各种诱惑，要怎样才能静得下心来读书呢？

许：把该应付的事情应付掉，然后再读书喽。我对现在的研究生其实很不理解的。我记得我读研究生的时候，没有一点时间是浪费的，到食堂买饭排队都在背单词，这是很普遍的现象。一有空下来，比如说等公共汽车，马上拿出录音机来学习。图书馆是从早上到晚上，每个位置都被人占得满满的，你都不敢走开，一走开位置就被人占掉，美国的大学到现在都还是这样。中国现在是物欲横流，美国人都很老实很规矩很本分的，美国人不讲物质的，他们只要开心就行了。

美国从小学到大学，教育都是讲"快乐"的，等到读研究生了才真正开始讲学习。所以中国的学生从小学到大学成绩都比美国学生好，但是到研究生以上你就比不过他们了。要是把中国的中学生和美国的中学生放在一起比赛考试，美国的中学生一定完蛋；大学生也是中国的强；但是到硕士以上，你就没他们厉害了。

骥：我听说你女儿今年在美国大学毕业了是吗？

许：对，今年六月我参加我女儿在伯克利大学的毕业典礼，她读两个学位，一个是建筑，一个是经济。伯克利的经济系是非常出名的，台上诺贝尔奖得主就有三四个，下面一届有两三百个学生，70%是亚洲人。他们宣布最佳学生的时候啊，笑死了。主持人在上面读：迈克·陈、威廉·陈、詹姆斯·陈、詹尼佛·陈……因为是按照姓氏笔画排的，"陈"就一大堆啊。结果他们上去，我都看呆了，发奖的人也看呆了，偶尔有几个黄头发的，七八成都是黄皮肤的，一半都是内地人。这些内地人不是内地过去的，一般都是二十几年前从内地到美国去的留学生他们在美国出生的子女。中国人注重经济嘛，所以很多人都读经济系。我坐在下面就在想，这到底是谁的胜利啊？你可以说是华人的胜利，将来的世界上，最顶尖的经济系里都是华人；但你也可以说是美国人的胜利，因为你们全接受他的教育，学他的游戏规则。

可是，等到我女儿建筑系的毕业典礼呢，就完全不一样了。就像你说的，建筑系的"回报率"要比经济系低得多。读建筑系，用香港人的话说，你唔会靠佢攒钱架(你不会靠它赚钱的)。建筑系的华人大概只有20%，绝大部分都是美国人和欧洲人。请注意啊，这两个系里，一个黑人都没有。那是因为伯克利是公立学校，如果私立学校呢，一定有黑人，因为私立学校可以自立规矩，要考虑"民族多元性"，他一定会留出一些比例的名额留给黑人、拉美人。公立学校为了"政治正确"，不可以定比例，必须看成绩，黑人就全没有了。

我觉得考研的问题，你也别单单看着香港，香港学生一样。香港的好处是，出去外国方便，外国人进来也方便。但是香港教育的死穴在哪里？在于它的生源非常窄。我们经常开玩笑说，香港是一流的资金，二流的老师，三流的学生。不是学生不好，也不是学生笨，而是可选择的学生太少。内地的学生是从几千万人里挑出来的，香港的学生是从几万人里面挑出来的，香港一共只有七百万人口。而耶鲁、哈佛的学生，是从全世界多少人里面选出来的啊！香港为了保护本地的利益，所以生源很窄。现在虽然开放让内地学生进来，但还是很少的。所以香港的教育，可以花重金请一大堆专家、世界名流来做教授，但是学生不行。内地生源很好，问题是制度不好，行政干预学术太厉害，什么东西在学校里面都"官本位"，学校办得像"衙门"，教授都像"干部"，学生当然跟着都做"公务员"啦，研究生就等于是"勤务兵"啦，学着做"小公仆"。但是这个世界越来越流通，是人才必有去处，别担心。

【采访时间】2010年10月15日

【采访地点】香港岭南大学中文系

李照兴：

微博会把人变蠢吗？

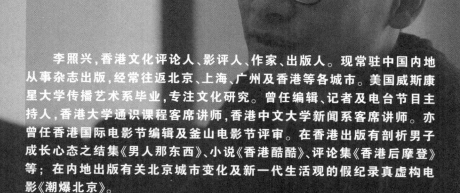

李照兴，香港文化评论人、影评人、作家、出版人。现常驻中国内地从事杂志出版，经常往返北京、上海、广州及香港等各城市。美国威斯康星大学传播艺术系毕业，专注文化研究。曾任编辑、记者及电台节目主持人，香港大学通识课程客席讲师，香港中文大学新闻系客席讲师。亦曾任香港国际电影节编辑及釜山电影节评审。在香港出版有剖析男子成长心态之结集《男人那东西》、小说《香港酷酷》、评论集《香港后摩登》等；在内地出版有关北京城市变化及新一代生活观的假纪录真虚构电影《潮爆北京》。

要学会关注微博上不同的言论，因为微博是一个很花哨的世界。微博语言的特点，是要能够吸引眼球和引发讨论。但是，任何一个观点，都不代表世界这个多姿多彩的光谱。

　　现在中国的言论环境就像一个光谱，有很多种颜色。但是，我们集中在讨论的，往往也只是光谱的两个极端；而中间那些言论，由于太普通、不抢眼，所以不受重视。我们要认识到，这个社会是一个光谱，多姿多彩，而不是只有两种颜色：黑和白。

　　微博现在很火爆，很流行，所以也引发了很多讨论。但有时候我觉得，大家把微博看得太严肃了。微博其实是一种"小生活"，"小生活"的意思就是说没有什么惊天动地的。

　　微博上流行的话语，大部分是些"金句式"的话语。"金句式"话语是典型的微博语言的局限，它倾向于把所有问题"极端化"，非此即彼。其实你仔细观察微博上的"金句"，大部分都是这样的，如果不是这个，就是那个，它的判断性很重、很重、很重，仿佛没有中间选择的。

　　作为一个接收者，最重要的是要学会如何在五花八门的微博里面，得到对自己有用、有帮助的信息，将其变成自己的力量。而不是怀着"破坏"的心理去玩微博——无论是破坏微博本身，还是借助微博去破坏别人，抑或是由于微博上的一些言论对你自身造成什么破坏。

——李照兴

李照兴的淡定

"蒜你狠"、地沟油、养生大师张悟本、凤凰烈女跳楼、全国扫黄飓风、毒奶粉借尸还魂、神仙道长李一、犀利哥、"我爸是李刚"、钱云会"车祸门"、关注改变中国、"大小恋"、周立波变"周自宫"、李萌萌高考"被落选"、抢购"爱疯死"、"糖高宗"、宜黄拆迁自焚、新疆智障劳工事件、郭德纲"被三俗"、谷歌退出中国内地、后宫体、"豆你玩"、3Q大战、巴比慈善晚宴、菲律宾人质事件、青海玉树地震、"苹什么"、咆哮哥、拯救怪病宝宝小阳鑫、搞笑小民警"失控姐"、上海胶州路特大火灾、"姜你军"、小月月、山西"疫苗门"、陈小春应采儿婚礼、云南大旱、马诺拜金、五号体、青春故事《老男孩》、让子弹飞会儿、"天上人间"被封、台湾苏花公路车祸、史铁生去世、江南暴雨、癌症妈妈郭雪娇、上海世博会变"肉搏会"、上海花祭、郑渊洁微博统计快男选手支持者、羊羔体、谢朝平"文字劫"、黄山"救援门"、伊春空难、"末日代码"、章鱼保罗去世、"刘备葬于此处"、中国达人秀、厦大辩论现场表白、唐骏"学历门"、沪杭高铁、直播"捉奸门"、芮成钢"三个代表"、东北洪灾、虐兔门、京藏高速百里堵车、慰问帝、新疆小学踩踏、金庸"被去世"、朝韩交火、"鸿忠夺笔"、香港义工黄福荣、"玉米疯"、迎接亚运广州公交免费闹剧、福建南平杀童案、"国考"、方舟子"打假门"、千年极寒、青海地震祈福、纸币开铐、兽兽"粗口门"、陈光标"裸捐门"、"空姐"沪上行、局长性爱日记、"脱光"运动、凡客体、蛋形蜗居、第六次人口普查、矿难、民国范儿、舟曲泥石流、富士康十三跳……

当我在脑海中把 2010 年从微博上得知的"关键词"，像"穿越"一样粗略盘点过后，竟然发现有如此之多！

国内研究微博文化最深入的学者，恐怕非北京大学的胡泳教授莫属。早在 2010 年"两会"期间，他就接受过《新京报》的采访，谈了微博的"里程碑意义"。他肯定了微博在"快速化"、"碎片化"、"直接化"和"微动力"四方面的意义，说："如果说 BBS 是第一座里程碑的话，微博当然有成为第二座里程碑的潜力。"但同时，他也对"微博问政"或"微博影响两会"这样的提法持保留态度。当时他说："只有大多数代表委员和官员都在使用微博这种工具，并且习惯于微博的运作模式、思维方式和游戏规则时，微博时代才真正来临。检验方法之一，就是在'两会'后，那些活跃的代表委员和官方媒体是否会停掉微博，或者像有些博客那样荒废，甚至像部分政府网站那样长期无人更新而落满历史的尘埃。"（见《新京报》，2010 年 3 月 13 日，《北大副教授：微博具里程碑意义 培养新思维》）果不其然，"两会"结束之后，不少官方微博就"荒废"了。

到了 2010 年末，胡泳教授经过将近一年的观察，在接受《东方早报》记者采访时，又谈了微博，并且阐述了自己心中"理想的微博"的样子。他说：

> 在我的理想中，我所乐见的微博是大家的社交工具，大家用微博来扩展自己的社交圈，让大家的生活更丰富，我觉得这才是微博的本质，而不是赋予它媒体属性和功能。当微博变成媒体以后，它固然一方面对中国现实政治发挥积极作用，特别是调动公众参与公共事件的讨论甚至实践；但另一方面，它被赋予媒体属性，本身就会带上媒体的弊端。我甚至觉得，像新浪拼命把它的微博变成大众媒体，这样一种做法，某种意义上，它还摧毁了所有微博的始祖推特原有的核心内涵，比如平等。新浪从运营微博一开始就采用了一种所谓粉丝模式，这一模式从一开始就是一个大众媒体的概念。在推特那里，用户就只有关注与被关注，并不存在所谓粉丝—偶像这一组不平等关系。饭否沿用了推特关注与被关注的关系，但是新浪率先把微博变成了粉丝—偶像模式。新浪还把之前运营博客的那一套路重新用在了微博上面，并做到极致。我觉得新浪是极其嫌贫爱富的，它对某些名人、有权势的人加 V，不仅加了 V，还给话语权大的人格外照顾。最近新浪还动员普通网民出让域名，我觉得这都是特别违背推特所倡

导的平等精神的。所以微博要是有弊端的话，也都是媒体属性带来的。当然你如果就是要把微博当成媒体，你迎头撞上的就是言论空间问题，为此门户网站就要投入很大的人力物力去做内容审核。"(见《东方早报》，2010 年 12 月 19 日，《胡泳谈全民微博与公共参与》)

胡教授的这一转变，恰表现了国内知识分子在对待微博问题时，越来越表现出难能可贵的批判性。

香港文化评论人李照兴，在看待微博的观点上也颇有建树。他并非专业研究微博之人，但是他早年供职媒体，游历欧、亚、非一百多个城市，崇尚带着批判的眼光看待各种文化，对比之、剖析之、解构之、重建之。他不像有的文化人那样，傻乎乎地一味跟你强调一件新鲜事物有多么多么好。他会很理性地给你分析，微博有哪些优点，但是同时也有不少不足之处。并且，最为难能可贵的，也是我在不少香港文化人身上共同感受到的一点，即他们不需要很久，几乎一开始就能看出事物的"两面性"——他们的辩证法学得比我们好。

李照兴身为媒体人，对网络上发生的任何事情都保持着高度的敏感。豆瓣刚推出时，他便注册了；饭否刚推出时，他也注册了；微博推出时，他又怎能落后呢？只是，你在微博上可能找不到他，因为他总是潜水——作为一个必须保持中立的观察者，或许他不可以给自己的名字后面加上一个"V"吧？

微博力量大。这是一个反精英、反权威的时代，微博最大的贡献，是可以汇聚所有人的声音，打破"一言堂"。

你可以说，微博太吵、微博太乱。但是，我们总不能要求一件东西从它诞生之日，便是完美无缺的。柏杨先生在《丑陋的中国人》中说道，一件事别说有百分之百的好处，就算只有百分之五十一的好处，好处大于坏处，也是值得我们去做的。有些代价，我们必须付出。这个代价，不是牺牲少数成全多数，而是"宽容"。在一个纷扰的时代里，宽容尤其重要。胡适先生也说过：宽容比自由更重要。

在网上看到一则笑话——某领导对一女孩耍流氓，女孩强烈反抗，领导骂道："小姐，别闹了，我可是有背景的人！"女孩一听，顿时笑了："大叔，别闹了，我可是有微博的人。"我在好笑之余，也觉得心中隐隐然有一股力量，希望这可以不止于是一个笑话，而变成真实。当然，另一方面我也深知，假如我们的社会还需要微博来维持正义，那么，也证明社会上的正义体系实在薄弱。

所以，套用某位伟人的话，或许可以这样来表述我的意思——微博是历史上发生的。凡是历史上发生的东西，都要在历史上消亡。因此，微博总有一天要消亡。消亡就是那么不舒服？我看很舒服。微博哪一天不要了，我看实在好。我们的任务就是要促使它消亡得早一点。这个道理，过去我们已经说过多次了。

| 科技改变习惯 |

许：据说你只玩饭否，在微博都是"潜水"作业，是吗？

李：饭否现在也不玩。玩饭否我是第一批用户，很早就开始了。大家都知道它的灵感是来自推特，所以当时就觉得是一个特别特别牛的东西。我作为媒体人、文化评论人，肯定要关注一些新的东西，所以很早就参加了。在这当中，我最关心的问题其实是：这个"自媒体"它究竟能发挥什么作用？饭否和微博在技术层面上，其实是同一类东西，开始的时候也只是想着尝试一下。但是，饭否和微博毕竟不同。因为饭否没有被大集团收购，它还是能保留一个相对自由的空间。前年的很多所谓突发新闻，都是第一时间从饭否传出来的，这个功能，饭否已经发展得非常厉害。

微博有一个什么特点呢？它比饭否受到更多的管制。这说明一个什么问题呢？就是有的人会害怕它发展得过快，但是它的很多功能又是很值得善加利用的，于是就有了微博这样一种"折中"的产物。而由新浪这样的大公司来负责管理，或许是最好的选择。如今饭否虽然"复活"，但是它已经不可能再有过去的声势了。庄雅婷最近有一篇文章写得很好，说饭否的事情，就好像你原来和老公在一起，后来一个强盗把你抢走了；过了几年，你老公把你救出来，却发现你现在和强盗很恩爱。这时候你怎么办，是选强盗还是选老公？在我看来，现在已经没有回头路了。当然，新浪不是我们所说的传统的"国营企业"。

许：搜狐掌门人张朝阳说："微博的突然火爆非一日之功，乃互联网互动产品十年积累之大成。论坛是集体的，去中心的；邮件是个人的，却是点对点的，延时的；博客是以个人为中心兼顾集体的，但却是非实时的；短信是近乎实时的，但只是点对点的。PC互联网产品的左冲右突，演化和普及，手机作为信息工具的流行，十年的功底造就了这样一个以个人为中心兼顾群体关系的随时随地近乎实时的互联网互动产品，这是技术进步和用户行为演化从无数个可能性中选择出来的正果，不容易啊，请大家珍惜。"你怎么看他的这一总结？微博是否真如他所说是这么"珍贵"的东西？

李：总体来讲我是同意的，因为基本上他把几个平台的特性说得蛮清楚的。当然，他把微博的成功归因于过去十几年的积累；但是我呢，会更强调最近几年的环境对微博的影响，其中最核心的一个因素是：智能手机。没有可以方便上网的手机的普及，就没有微博。这一点，你只要去饭局就能发现嘛，所有人都拿着手机在发微博。因此我认为，无论是官方的还是民间的潮流，它的发生，都是需要一个契机的。现在来讲，用手机发微博已经变成非常简单的一个动作。假如我们还必须用电脑来发微博，微博不可能如此流行。现在我们已经去到"后电脑"的时代了，手机、网络电视、iPad……已经渐渐取代了电脑的功能。所以，张朝阳强调了这么多，我觉得还需要特别强调的，就是3G手机这样可以随时随地让我们上网的技术的普及，让微博变得"火爆"。科技的改变，才是推动人们习惯改变最重要的原因。

许：他说微博值得"珍惜"，是否不仅可以从技术层面去理解？

李：纯粹讲"珍惜"，是没什么大意思的，因为"珍惜"是一个不明确的词汇。我觉得倒不如说，我们应该如何运用微博，去推动社会发展来得实际。微博在推进公民社会、普及普世价值方面，可以发挥怎样的正面作用？你讲珍惜，钱、任何人都值得珍惜；但是在珍惜之余，我们如何善用它，这才是关键。

微博这个"自媒体"在今天的中国社会究竟能产生什么作用呢？首先，它是源自民间的新闻报道。社会上有很多不公平事件、突发事件，传统媒体在报道这些新闻的时候有一个弱点，就是它没那么快。可是，微博可以立刻反映出：一，现场的情况；二，普通人以及专家、评论员对这一事件的看法。这些看法不一定成熟，但这至少是一种看法，而且最重要的是，这些看法不是"统一口径"之后发出来的。如果要按照我理想中的"先进社会"样式，起码要做到，在这个社会中，各种各样不同的声音能够有渠道得以表达。听的人可以选择哪个相信、哪个不相信。

其次，假如你问我为什么微博可以如此"火爆"的话，我会觉得，今天的中国人好像特别需要发表自己的意见，特别需要受到关注和认同。这个现象又是怎么回事呢？一个人特别想发表意见，有时候是真的有观点需要阐明；但也有时候，只是因为我们平时发表意见的空间太少了，被压抑太久了，所以一抓住机会就拼命发表意见。我发觉一个很有趣的现象：我在国内参加不少的研讨会，有很多学生来参加，我们讲完之后他们就问问题。在香港做这样的讲座呢，学生问问题就真的只是问问题而已；但是在内地，学生自己有很多东西需要表达，那架势简直就是站起来演讲，他们"吧啦吧啦"讲一大通，我们在那里听着。从中你就看得出，他们是有非常强烈的表达的欲望。我于是就问那些学生的老师："他们平时都没有机会表达意见吗？"老师就告诉我说，比如这些学生平时写作文，出去旅游一定要"春光明媚"，稍微写到一点哀愁、社会"阴暗面"的时候，老师就会说："你怎么可以这样写呢？"我觉得，这是我们教育里面非常压抑的一面，导致大家那么有表达的欲望。这个时候，突然出现一个那么低成本——几乎是不

用成本的平台,可以让你"任意"发表观点,你说微博能不"火爆"吗?

再次,微博和中国现在的国际地位以及国际形象是有关的。什么意思呢?就是说中国现在觉得自己越来越强大了,觉得自己的声音应该有分量,凭什么其他人不听我说话呢? 所以,中国在过去很多时候扮演的是"旁观者"的身份,现在则越来越主动去参与国际事件,这一点不容否认。国人现在看完电影要评论、吃完东西要评论,或者看到周立波讲了几句话忍不住要评论, 这种心态都和国家的心态是一样的,就是: 我必须让你知道我是有观点的。当然,这种"观点"在我看来有时候很不成熟,因为微博就是比"快",如果你落后十几分钟发表意见,就可能很晚了。但没办法,科技改变习惯,玩微博的人不可能像写博客的人那样花一个晚上时间去思考一篇文章。微博的快、准、狠,会影响到微博的内容。

微博把人变蠢?

许:有人说微博现在是"意见领袖集中地",你觉得对吗?

李:我只能说,微博是一个"意见领袖"迅速表态的平台,但是他们的表态的含金量,是需要我们鉴别的。因为很多时候,这些"意见领袖"讲的话,并不一定很深刻,它可以只是一个"段子"而已,跟郭德纲的段子没什么太大的区别。段子只有"吸引眼球"和"不吸引眼球"之分，而没有所谓的客观和真理存在。

可微博起码有一个好处是，它让这些"意见领袖"在想什么是公开的、透明的；但同时，微博给我们一个错觉，就是觉得这些"意见领袖"的态度，真的可以影响到社会。所谓的"意见领袖"无非一些知识分子、企业老板之类，我不想过度强调这些人是可以改变社会的动力，因为改变社会的主要动力其实还是在政府、官员身上，但是这批人是"潜水"的，我们不知道他们在想什么。公民社会主要有三个"公"：公平、公开、公义。公平就是对所有人一视同仁，公开就是一切透明，公义就是我们怀抱全世界都认同的价值观。微博起码可以做到公平和公开两点。

许：那么，微博有没有可能推动政府呢？

李：我觉得这是可以的，尤其是在中国。你有没有发现推特和微博有什么区别？我们采访艾未未的时候，他说了一个很有趣的现象：关注他微博的人，往往注重的是他作为公民的一面，关注他的公民行动；而关注他推特的人，则更多把他作为一个艺术家来看待。这意味着什么呢？意味着，推特在国外，并没有微博在中国拥有这么强的"社会性"。外国的名人在推特上讲的东西，生活类的内容更多一点。微博上当然也是什么内容都有，但是我们想尽量放大的，是它"社会责任"的一面。

许：香港人玩微博吗？

李：越来越多人玩。为什么呢？主要是因为有越来越多的明星开微博了。我记得很清楚，大概一年多前我在香港写文章介绍微博，那个时候没什么人知道微博的，说了半天才明白其实就是"微小的博客"。后来像郑秀文啊、阿Sa啊这些人去开微博，然后发生类似微博被删帖啊之类的讨论，于是越来越多人关注。到现在，微博基本上已经占领了整个华人圈，包括香港和台湾地区。但是香港玩微博和内地玩微博不太一样，主要起到的是一个相互交流的功能，不像内地这样注重"社会性"。因为在香港，如果要动员人们去参加什么活动，都用脸谱网（facebook）。

许：为什么会选择用facebook？

李：第一，它比微博先进入香港；第二，它没有字数限制。这已经变成一种习惯，改不了。

许：微博使我们可以点对点直接接收到信息，不再需要搜索。比如，过去想要了解你，可能要卖报纸看新闻，至少要登录你的博客，但是现在微博可以使你更新的内容自动跳到我的页面上来。你觉得这个特点，对人们会产生怎样的影响？

李：正面来讲，我们可以省掉很多时间。隔一段时间更新一下，能使我们之间的联系非常密切。但是从负面来讲，这种接收信息的方式，也使你的视野局限在你所关注的那几百个人里面，你的世界就只是这几百个人的世界。所以，我建议玩微博的朋友，不妨主动地去关注一些跟你完全不同类型的人，甚至是跟你的意见完全相反的人。我现在很怕中国人变成一种状况，就是：我只想听到我想听的声音。你要知道这个世界上很多人的想法是跟你不一样的，你不一定要认同别人的观点，但是起码你要知道。而且，微博不是真的可以让别人的信息"自动"跳到你的页面上来的，起码你要去"更新"一下。这又造成一个问题，就是上瘾。我现在就发现自己的一个毛病，就是每隔一段时间就要去更新一下自己的iPad或者手机，好像不这么做心里就很不安。但是，其实这样很"危险"。你有没有想过，万一有一天断网了怎么办？我就遇到过这样的人，上不去微博他整个人就变得焦虑，焦虑到影响正常的工作。

许：美国学者尼古拉斯·凯尔曾经写文章说"谷歌把人变蠢"，便捷的互联网给我们提供了方便的同时，其实也使我们越来越懒于做深度思考。你觉得玩微博会不会也有同样的效果呢？比如，很多人只是看别人的结论，自己不动脑筋。

李：这是需要个人有很强的内在，才可以战胜的。你可以说谷歌把人变蠢，也可以说电视把人变蠢，但对我来说，只是看你怎么去利用这个工具而已。比如说，我觉得谷歌不会把我变蠢，因为我有很好的新闻从业者的基本训练。有一次，我跟《华尔街日报》的记者讨论这个问题。他说，现在的记者遇到一个新闻，下意识的反应就是马上上谷歌，他觉得千万不可以这样。因为你要去采访，首先要想到采访对象是一个"人"，你要跑到那个人面前，观察他，最好是跟他面谈，这样才能有一个比较立体的概念去写新闻。谷歌对我来说，是辅助我去了解世界的工具；微博对我来说，也是一样的。在遇到一个突发事件的时候，我不一定会相信从微博上发出来的所谓"现场的"报道。比如，前两天微博上传金庸死了，你看到这种"新闻"，起码要去核实一下是不是真的。

我们需要"假新闻"

许：现在这种风传的"假新闻"可不少。

李：对。这个现象很有趣，尤其对现在的中国社会来讲。因为照常理说，"假新闻"是不好的；但是在这个信息不对等的时代，我们却很需要"假新闻"。为什么呢？这也是一个传播学家约翰·菲斯克提出来的理论，叫做"小报的真理"。他说，"小报"的新闻无论真假，它都是给予"大报"的一种"反理论"（anti-truth）。

在一个"大报"当道的社会，什么都是他们说了算，谁知道他们所谓的"真理"是不是真的呢？那么，我们只能通过"反理论"，迫使你把真相更公开，把事实讨论得更清楚。如果没有"反理论"的话，那么，所有的"真理"都是他们说了算的啦！在国内来讲，这种"反理论"，无论是谣言也好、小报也好，它们也是有这样一种功能的。官方如果要证明"假新闻"是假的话，就必须拿出更多"真"的证据出来。这一点，可以补充到我前面所讲的"微博的功能"里去。

我不介意微博上面的谣言，而且我鼓动这个。为什么呢？因为你去证明谣言是谣言，总比你说一个大家都不知道究竟是不是谣言的东西出来好。所以，我认为对一个并不那么公开透明的中国来说，这是微博一个很好的功能。同时，我也不觉得那些所谓"意见领袖"的表态，是十分值得参考的。我们谁也不记得昨天微博上的"金句"是什么了，但这就是媒体的本质——媒体的本质就是吸引十五分钟的眼球而已嘛。那些"意见领袖"急于表态，可能过于两天又会后悔，这样的事情常有。微博上吵架是常有的事，我的老友廖伟棠最近不是又跟人在微博上吵"上海火灾"的事情了吗？因为微博的字数那么少，肯定会造成很多误解，吵架是避免不了的。所以，看微博的态度很需要调整。

许：调整成什么样呢？

李：你不可以觉得那句话就代表那个人的全部，这一两句话不可能代表他的所有价值观，千万不要以偏概全。比如说，你看周立波的"微博门"，你完全可以觉得他是个傻逼，通过他的几条微博。我觉得这个训练有一点不好，这就等于把一个人完全虚拟化了，变成一个只出现在网络上面的人。我觉得没有看到那个人本身，不应该下这样的判断。

也说周立波的"微博门"

许：你说到周立波的"微博门"。周立波在微博上说："网络是一个泄'私粪'的地方，当'私粪'达到一定量的时候，就会变成'公粪'，那么，网络也就是实际意义上的公共厕所！大家也就有空来拉拉！"又说，"网络提供了一个无界别、无贵贱、无高低的公众虚拟平台，在这里，所有人都可以发表他们自己的观点且无需负责，这样的状态导致了一种虚拟的无政府空间。试想，将网络现状复制到现实生活当中，这样的世界，是我们想要的吗？娱乐可以，当真必惨！政府若将网络民意当真，实是一种'自宫'行为了！"后来他接受媒体采访，说："网络代表民意，但不是正确的民意。"又说："中国的网络是到了应该施行实名制的时候了，实名制之后我看谁还敢骂！"基于这次事件，我想到三个问题：第一，网络是否能代表民意？第二，中国的网络是否到了该施行实名制的时候了？第三，名人应该怎样面对网友的谩骂？

李：第一个问题，我想问：随便一个你所认识的朋友，他能否代表民意呢？你可以说他能，因为他也是人民的一部分；也可以说他不能，因为他只能代表他自己，不能代表大多数。同样的问题出现在网络世界上。你可以说他代表，因为他是其中一部分；也可以说他不代表，因为他只是其中一部分。由于微博是一个相对自由的平台，所以你可以说它是代表了一部分愿意发表意见的人的看法，世界上还有很多"沉默的大多数"。但是我要强调，这些"沉默的大多数"不一定是站在发表意见的人的对立面的。这个意思就是说：对，没错，你是无法知道"沉默的大多数"的意见；但是，你周立波也不要以为"沉默的大多数"都站在你这边。

第二个问题，我从来都不赞同要施行实名制。我反对实名制，是站在"国际公民"权利的角度说的。政府不要扰民，我觉得这是一个普世价值来的。扰民是什么意思呢？就是做这个要登记，做那个要审批。拜托，我看什么、接受什么信息、发表什么评论，这是我的自由。我特别受不了的是，政府要规定我只能看什么、说什么。公民当然也有责任。责任是什么呢？就是要服从一个基本的纪律。

我举个例子，比如"我爸是李刚"事件，一个有基本公民道德的人应该有的反应是什么呢？当然是要负责、善后；但现实是，肇事者的第一反应是想逃跑——这是我们的公民教育没有做好的表现。我们的教育里有一个很扭曲的现象，就是一味强调我们有什么义务，而不说我们有什么权利。网络实际上是一个虚拟的公民社会，如果要实行实名制，意思就是说你不相信我，觉得我一定会做一些"反社会"的事情。简单来讲，就是这个国家不相信公民可以享受最基本的权利。香港社会有很大的自由，你看什么、说什么没有人管你。这和英国的法律传统有关——在我们有证据证实你犯罪之前，所有人都是无罪的。公民出庭受审，一天没有定罪，那么，他也只是个"嫌疑犯"而已。这个原理用到网络上，就是说，在他犯罪之前，你不可以认为这是一个应该被监管、监控的人。

许：对。假如有人真的因为在微博上发言造成了不良影响，因此犯罪，再去抓他也来得及。

李：肯定来得及，技术上完全做得到。实名制的恐怖在于什么呢，它让你知道，在你发言的时候，有人看着你，于是你便开始自我审查了。

许：第三个问题呢：名人怎么面对网友的谩骂？能否传授一些香港的经验？

李：这个问题非常好，因为香港是狗仔队最流行的地方，名人的负面报道也是最多的。我觉得面对这些负面的东西，态度无非几种：第一，有足够的气度和幽默感去化解，当你看到这些东西的时候，你的情感不受伤害，这很重要。第二，大S和汪小菲"大小恋"的时候，我写过一篇文章专门谈这个事。我说，微博成为名人面对负面报道时可以反击和澄清的渠道。过去，狗仔队给你设个陷阱，你掉进去就洗不清了；但是现在不是，你可以用微博来反击、回骂。以前的明星是很被动的，狗仔队跟踪你一个星期，写一整版新闻，那个时候明星受到的伤害非常大，因为突然而来，猝不及防，完全不知道该怎么回应。但是在微博时代呢，明星可以慢慢的，通过一条一条的微博来化解、澄清这个误会。另外，明星自己也有圈子的，他们现在已经建立了非常默契的系统。明星以前最怕的就是"孤立无援"，但现在他可以通过朋友和粉丝来支持他。因此，我觉得名人应该善用他的粉丝，来作为背后支撑他的平台，这样就没有那么脆弱了。

许：听你这么说，我觉得好像名人还是站在比较有利的地位。那么，名人面对网友的谩骂的时候，是不是更应该要保持一份宽容的心？而不应该像周立波那样去回骂网友。毕竟，胡适也说过"宽容比自由更重要"。

李：我觉得对于周立波来说，他是用对了方式的。什么意思呢？每个人都有每个人自己的反抗方式。所以，在这个事件里面，我反而不觉得周立波有很大的问题，不一定非得用礼貌来回应。说实话，很多骂你的人用词也不见得不恶毒，对不对？我觉得有趣的地方在于，微博变成一个表现你自己形象的渠道。比如说王菲，她在微博上无论遇到什么事情都表现得云淡风轻，她不再是一个很酷的天后，她其实对很多小东西都很关注——这就变成王菲自己的"形象工程"啦。所以，周立波所讲的话没有问题。话虽然傻，但是跟他的形象是匹配的。作为名人，你想怎么回应就怎么回应，只要不影响到你的心情就好。

微博是一种"小生活"，社会是一个"大光谱"

许：学者李银河被多次转载的一条微博这样写道："我之所以至今仍停留在博客阶段没进入微博阶段，是因为听了一个朋友的话：写博客是为了让人知道你的思想；写微博是为了让人知道你的生活。我现在还没进化到想让人了解我生活的阶段，想让别人知道自己生活的不外乎两种：一种是孤独得厉害，一种是自我膨胀得厉害。我既不孤独也不膨胀，所以不写微博。"你觉得玩微博的人确实如李银河所说，要么是孤独，要么是自我膨胀吗？

李：我不觉得微博只是"为了让别人知道你的生活"，我觉得微博主要是让人知道你的"感想"——"感想"和"思想"是非常不一样的两件东西。"感想"是第一时间的感触、感觉。比如说姚晨吧，很多人都批判她"晒幸福"，但是我觉得没有问题。她自己也说得很明白，她说那个时刻很快乐，她确实觉得应该跟她老公分享，于是她就把那一刻的感想说了出来——这没什么大不了啊。我反而觉得，是大家把微博看得太严肃了。微博确实是一种"小生活"来的，"小生活"的意思就是说没有什么惊天动地的。

另外，你看李银河的话，这其实也是另外一种微博的语法——"金句式"的。"金句式"话语是典型的微博语言的局限，它倾向于把所有问题"极端化"，非此即彼。其实你仔细观察微博上的"金句"，大部分都是这样的，如果不是这个，就是那个，它的判断性很重很重，仿佛没有中间选择的。我觉得李银河的这句话写得很好，可以供大家讨论，但是这不见得是现实。因为，其实大部分人是在"孤独"和"膨胀"中间的。

这么说吧，现在中国的言论环境就像一个光谱，有很多种颜色。但是，我们集中在讨论的，往往也只是光谱的两个极端；而中间那些言论，由于太普通、不抢眼，所以不受重视。我们要认识到，这个社会是一个光谱，多姿多彩，而不是只有两种颜色：黑和白。

许：最后问一个问题。微博有140个字的限制。微博上也曾发起"微小说"运动，140个字一篇小说。你觉得微博这种特有的问题，"碎片化"的叙事模式，今后对人们的阅读会产生什么样的影响吗？

李：还是形式对内容的影响吧。因为有太多限制，所以产生一种特殊的"微博思维"。"微博思维"的特点是：第一，每句话最好都像段

子一样精彩,三句话之内就有高潮;第二,你发表的都是"零碎"的感想,上一篇跟下一篇无关。我不觉得这种思维会很深入地影响大家写文章的思路,因为所谓"碎片式"的写作方法很早以前就有不少作家尝试过了,这反而是另外一种写作的锻炼。写文章不一定要按照固有的套路来:理论、发挥、举证、结论……

从正面来看"微博体",它可以帮助我们打碎思维,先从一些小点来,然后整合成文章。微博基本上是一种写文章前,整理自己思绪的"笔记"。"笔记"意味着什么?意味着它前后或许会矛盾。但因为它是笔记,所以矛盾也没问题,它只是思路,不是最后的结论。它就像是你逐渐形成你对一个问题的看法的过程,等于作家的笔记;只不过以前是私藏的,现在放到微博上公开了而已。我觉得一个有驾驭能力的人,是能够善用这些碎片的。但问题是,现在玩微博的很多人,大家都误以为这些"笔记"就是最后的结论。从反面来看,假如一个人只停留在这些碎片上,不加以整理、不思考,或者只是千方百计想一些让粉丝觉得他很牛逼的话,这就没什么意思了。

许:但即便微博可以作为所谓"笔记",但是当你的思想还没有成熟,你就急于把它放到微博上公开出来,这样好吗?微博可是有传播功能的。

李:公开给别人看有什么不好的呢?网友可以和你一起讨论,帮助你思考、修正。文本有两种：一种是成文后就不修改的；一种是成文后要修改的。微博属于后者。

【采访时间】2010年12月9日

【采访地点】上海香港新世界广场

廖伟棠：
找寻失落的"理想主义"

廖伟棠,香港作家、摄影师、自由撰稿人,曾任书店店长及杂志编辑。1975 年生于广东,1997 年移居香港,后曾旅居北京五年。创作涉猎散文、小说、戏剧、评论等范畴。曾获香港青年文学奖、香港中文文学奖、台湾中国时报文学奖、联合报文学奖、创世纪诗刊 50 周年诗歌奖、联合文学小说新人奖、马来西亚花踪世界华文小说奖、香港文学双年奖等奖项。出版诗集《永夜》、《波希米亚行路谣》、《苦天使》、《少年游》等,小说集《十八条小巷的战争游戏》,摄影集《孤独的中国》、《我属猫》等,批评合集《波希米亚中国》。

我觉得中国人现在亟须树立一种"非功利性的信仰"。就是说,我去做一件事情,不一定会得到实在的好处,但是我还是要去做。

　　这样一种非功利性的,也可说是对"理想主义"的信仰。比如,基督教徒在受到迫害的时候,他们还是坚持信教,那才是真正的信仰;而不是说当我信了教,我可以得到金钱财宝。

　　另外,基督教不许诺你在现世能得到幸福,这是可以从两方面来看的:一方面,你可以觉得它是马克思主义所说的"精神鸦片";但是另一方面,也是要求你即使没有好的收益的时候,还去坚持你的信念。

　　所以, 我希望同胞们起码有一种对精神的信仰——即除了物质享受以外,还要有精神的追求。

　　至于建立信仰的手段,可以有很多。不一定是通过宗教,也可以通过艺术、哲学,总之是你用心去做好一件事情,端正你的生活态度,不要老是存着"心眼"。

　　我经常碰到的一种心态是:人人都想不劳而获。因此,他们总是骗人或者被骗。所谓"人心不古",就是这样子。

　　但这也不能怪这些人,因为现在整个社会的氛围是:你踏踏实实劳动,你得到的收获反而是很少的,甚至是得不到收获。

——廖伟棠

廖伟棠的淡定

　　在香港，若不是心怀信仰，大抵是干不了文人这一行的。做得了文人的人，读书多自然不在话下，然为书"毒害"日久，萌生理想主义的"恶之花"，不把好脑筋用在买楼炒股做生意上，却追求某某价值云云。在香港，你要做文人，又要很有钱，似乎只有一条路可循：去大学当教授。香港的大学教授平均工资竟高达每月十二万港币！但是，香港哪里有那么多的大学和那么多的大学教授职位供应呢？即便有职位供应，香港是一个开放社会，大学招聘，必向全世界发出邀请，工资高吸引人，于是哈佛、耶鲁、牛津、剑桥……全世界各名校之博士生云集香港，哪里还轮得到香港本地这些文人呢？

　　在香港做文人，大不了写写专栏、出出著作、拿拿补助，过一个中产的生活而已。你的付出和你的所得，全不成比例。我的一位师长经常跟我说："我要是花心思赚钱，早成亿万富翁了。"读书人做成如此寒酸，使我不禁想起辛弃疾的《西江月》：

　　醉里且贪欢笑，要愁那得工夫。近来始觉古人书，信著全无是处。昨夜松边醉倒，问松我醉何如？只疑松动要来扶，以手推松曰：去！

　　人在失落的时候，无论心智多么坚强，终归是会萌生"近来始觉古人书，信著全无是处"的"咒骂"的。无奈没人可做知己，只能和一棵松树"交心"，还不荒凉又荒唐吗？

　　幸而我所结识的香港文人，每一个都称得上乐观积极。有的光景，在我们内地人看来，甚觉"凄楚"，可香港人习以为常。比如在香港书展上，我见到的主讲人，无论多么名声显赫，十之八九都是背着背包形单影只前来讲堂的，完全不像内地某作协、文联的"文官"，前呼后拥、车接车送、盛宴款待。董启章的阅读分享会，他提早了半小时到，来太早了，我便上前自我介绍，跟他聊天，在会场外的人群里"独处"了二十分钟，丝毫没有别扭。这一点，我猜想内地做惯了"大爷"的文人，来到香港恐怕是不太适应的。

　　但是从另一方面说，香港文人虽然日子过得艰难，但是反而"简单"。这里的"简单"，不作容易解，而是单纯之意。在这样的情况下，你若还义无反顾地选择做个文人，便不会掺杂一些与文化无关的观念。也因此，我深深同意北岛的话："只有在香港做一个诗人，才是真真正正的诗人。"

被我约来谈论"信仰"话题的廖伟棠也认同这一观点。他说：

> 因为你在国内做一个诗人，你会得到一些奇奇怪怪的附加值，比如说，可能可以当个文联主席什么的，或者得个什么官方的奖，什么鲁迅文学奖啊之类，你得了那个奖，你在地方上会一帆风顺。另外，假如你不接受官方的招安，你也可以受一些商业的招安，照样会有很多收益。但在香港，不存在这些东西，你只能踏踏实实地写你的东西。

香港诗人陈智德说："我觉得我选择了这个身份，选择了写诗，换来的当然包含了一种满足感，何况我真心相信它的价值。但另一方面，它亦会给我带来寂寞、非常低的经济回报。到现在这一刻，我仍然接受，且觉得应该是这样的，就是说，我们搞文化的，是不会，也不应该发达的，不像搞金融、搞地产的。我不会羡慕别人，我觉得我现在的情况是应该的，心甘情愿。我不觉得自己很惨、很卑下，不会！是我自己的选择，而且还会继续下去。"

20 世纪 70 年代中，廖伟棠出生在广东西部农村新兴县，直至 13 岁时才搬迁到珠海。1997 年，他才申请到香港身份证。在广东的日子，廖伟棠的生活安逸。

前不久，他在接受《南方都市报》的专访里说，他在珠海的电视台工作时，每天就是坐在办公室中看书看电视，有时候还抱着一堆光碟待一整天——我想，这是很多内地读者（包括我自己）共有的经历。然而，到了香港以后，日子不再如此闲适，他才渐渐体会到生活的艰辛。可是，廖伟棠的性格，仿佛是"穷且益坚"，在苦涩中他反而回味出了甘甜。他对"南都"记者言道：

> 来了香港后我就认识了黄灿然，还有王敏，也都是从内地来香港的诗人，他们给我很多人生的建议。在珠海是很安逸的环境，写作由阅读而来，全是间接的经验，书斋气。来了香港，香港现实的强大让你躲无可躲，它无时无刻不发生在你身上。越来越多现实的东西被写进诗歌，我也蛮高兴的，觉得我的诗开阔了很多。黄灿然他们看到，也觉得我进步了。可以说，到香港后我的写作有进步，就冲这一点，我觉得留在香港是对的。

我认定了我要靠写作来谋生，我就要什么文章都能写，我把自己放得很开，时评、乐评、剧评、影评，什么评论我都可以写，只有这样才能够靠写作为生。叶芝死了后，奥登写了一首诗纪念他："爱尔兰把你刺伤成诗。"我很欢迎有什么东西把我刺伤成诗。中国的现实，让它去作用在我身上，看有什么化学作用产生出来，这些都会变成我的诗、我的文章。（见《南方都市报》，2010 年 9 月 13 日，《廖伟棠：欢迎把我刺伤成诗》，作者：陈晓勤。）

廖伟棠的淡定，就是这种典型香港文人的淡定。他如果不选择走上文人这条路，生活可以很"好"；只不过，他走上了文人这条路，生活于是变得更"好"了。"南都"记者问廖伟棠："如果你没有离开故土的话，你觉得你会变成怎样的人？"他说：

> 很有可能变成了"二世祖"。我那个村子很多人都是这样，因为爸爸在香港赚钱，他们就在家里赌博、吸毒，这些都是我们村子流行的事。所以，我也有可能会变成这种人，但以我的性格可能不会变成那样的人，或许会变成县里文化馆的一个小馆员，在图书馆编编县志等。我会变成一个乡村知识分子。

香港的吸引力就在这里，即便你的生活辛苦，然而，她的开放、包容、自由，会使你愿意做这笔交易。来到香港以后，廖伟棠在电视台打过工，在摄影楼打过工，在书店做过店员；后来，又与朋友合开"东岸书店"。但是这些工作他都做不长，最终的最终，他还是选择了写作，选择笔耕，播种、发芽、开花、结果——硕果。

试想，假如廖伟棠真的没有走出农村，没有来到香港，那么，就不会有香港青年文学奖诗歌、散文双冠军；就不会有香港中文文学奖散文、诗歌、小说三得奖；也就不会有 1999 年台湾最大的文学奖"时报

文学奖"和 2000 年"联合报文学奖"大满贯得主廖伟棠了——对香港乃至华人文学圈来说，岂不可惜？

某日与几位老友在杭州一起"饭醉"。聊着聊着，不知何故跑题到廖伟棠的诗。《南方周末》的记者吕明合兄即兴给我们背诵起廖伟棠的《仁波切——写给颜峻》来。诗曰：

> 我们都是仁波切，人中之宝。/夜行路上我突然高呼你的名字，/不知是否有人回头。/夜枭、夜雪山、夜雾浮起了青空，/夜里的夏河隐隐吟唱起来，/我不知其所从来、所以去，/路上犹闻：千古朗声笑。/急车灯也静，照亮细雪般人人，/与我们平衡的，是僧房千间，/幽秘的精神却捻亮了雪中火苗。/我伸手虚空中一探，/路尘中竟然也有狮子吼。/可惜你已经不喝酒、不杀生，/爱你的人只能做一个快活梦。/做也徒然，虽然我们都是仁波切，/不喝酒我可不能为你认证。

我听着听着，身上无法克制地汗毛尽立。我好爱这首诗！因为——廖伟棠并没有虚伪的谦虚。

信仰 ≠ 宗教信仰

许：你觉得什么是信仰呢？跟宗教信仰是一回事儿吗？

廖：我觉得信仰应该大于宗教信仰吧。其实，信仰就是你对某一种理念可以为之付出很多努力，甚至愿意为之付出生命。宗教信仰，反而有时候在中国会变成一种功利性的东西。真正属于内心深处的信仰是能提升自我的，而且是一种不计得失的东西，不是说你去信它你就能得到好处。甚至，真正的信仰可能还会给你带来"坏处"，可能会使你受到不好的待遇，但是你还是信它，那个才是真正的信仰。又或者，应该是一些明知其不可为而为之的东西，才叫信仰。

许：香港人中有没有这样的信仰？

廖：往小里说，在香港，坚持写作的人就是有这样信仰的人。因为在香港，写作几乎不能带给你任何的好处。往大里说，在香港有一些追求民主价值的人;或者说,为了中国的未来去奋斗的人,这些人,我觉得就是具备这样的信仰的人。

许: 在香港做文化的话,基本上会很穷,是吗?

廖: 穷也不会,只是说如果你把这些脑筋拿去做别的事情,你肯定会赚更多钱就是了。香港有一点好处是,社会的整个规则还是比较完备的。比如说你在香港做艺术、做文化,你肯定不会饿死。但为什么还是有这么多人放弃了、离开了呢? 因为他们所花的精力,如果用在做生意上,他们会赚更多,也轻松得多,不会这么累、这么苦。这其实也是我们说的信仰问题,你选择信它,你就预备了为它做牺牲。而且慢慢的,牺牲变成了一种"乐趣",对于某些人来说就是这样子。你要是现在给我一千万,让我养尊处优地去写作,我可能写不出来东西。

许: 在香港做文化人会像"隐形人"一样?

廖: 不能这么说。这些年算好了,香港的年轻艺术爱好者多了,可能跟经济危机有关。以前在香港,只有有钱有势的人会受到崇拜,会成为别人的偶像;现在多了一些文化人成为别人的偶像。但其实香港文化人对这已经挺习惯了,宠辱不惊。你看梁文道就会知道,是这样子的。其实这是一个好事,这样能够令你更专心地写你的文章,你是用你的文章来立命的,而不是你的名气、知名度。内地文化人很容易被那种虚荣、那种媒体的光环冲垮。

许：在香港，有信仰的人要做这么大的牺牲，那么，信仰是不是变成了一种带有"英雄主义"的东西？

廖：也不是英雄主义。不是刻意要去牺牲的，只是客观上有这样的结果罢了。做文人，当你去到一个贵族的地位，或者一个富翁的位置，你再去写，它已经变味了，你的位置决定了你再也不能写出那种东西了。

许：很多人批评中国人缺乏信仰，说中国人见庙就拜，什么都信等于什么都不信，为的只是给自己求好处，充满功利心，你是怎么看这种观点的？

廖："见庙就拜"是一种尊敬。有人说这是一种功利心，我觉得不是，这是一种仁慈，是对一个民族曾经寄托过的一个价值观的一种尊重，我还是从正面去理解这一点的。比如说，我们在村子里走，遇到一个土地庙，会停下来拜一拜（甚至我都有这个习惯，我见到如来佛不会拜，那种大佛我不会拜，但是我见到土地庙我会拜）。我觉得这是一种对普通的、在你身边的价值观的尊敬。另外比如说，南方（尤其像香港岛上）有很多渔民，渔民的习惯我也很喜欢，他们纪念"天后诞"，会搭台唱戏。天后诞辰，大约是中秋左右，他们每年都会搭个大戏台，用竹子搭一个篷，然后请人来唱戏，一唱三四天，甚至是五天五夜的大戏。村民，以及其他地方来的人都会去看——这是港式的"庙会"。然后呢，一个社区也通过这样的方式得到某一程度的凝聚，有一种温馨的感觉，我蛮喜欢的。而且，有一个村子的人，他们会在海边，向着大海搭一个戏台，唱给人听也唱给神听，非常浪漫的。令我想起我小时候的经验，就像鲁迅说的他看社戏，小孩子在那几天就像做梦一样，你完全是脱离了你的现实生活，感觉不到你生活在现代的香港，这么一个摩登大都市，你感觉你又回到了那个渔民传统里去了。

一个普通的老百姓在平时，对一个无形之物的尊敬，跟你别有所求是不一样的。比如说，现在很多寺庙里的财神爷往往比释迦牟尼香火更盛，这就是一个活生生的例子。

充满反思的"信仰史"

许：能否介绍一下你个人的"信仰史"？

廖：我很小的时候，就通过一个香港的亲戚得到了《圣经》，当然是那种普及本。于是，我就对基督教产生了兴趣。到了我中学的时候，我得到了一本"和合本"《圣经》，从那以后我就入迷了，主要是被它的语言迷住了，不是说真的信这些善恶报应啊、创世啊什么的。我觉得这是一本很伟大的"文学著作"，我把它当文学来看。在《圣经》中我发现了很多东西，比如在《约伯记》里边，我找到很多与我喜欢的存在主义的相通之处。于是，我又去找很多当代人写的神学书看。这时候，我就变成从哲学的角度去看基督教，以及其他宗教。所以，我由始至终没有像是一个宗教信仰者那样去信奉某一个宗教。

　　但我是一个好奇心很强的人。比如说我刚来香港的时候，在街头碰到有些教派的传教者，他们跟我聊天，我也跟他们聊，我也不躲他们，还让他们送一门他们的经书给我看。跟他们一聊天，我就发现对这个教派的很多东西，他们还没我了解得多。有时候我跟香港的朋友聊天，他们也是学神学的，跟他们一聊我也发现，他们对神学的认识或者反思，还未必有我多。也许他们看过比我更多的神学书，但由于他们是基督徒，反而制约了他们反思的空间。我十九岁的时候写过一篇文章叫做《论里尔克后期诗作里的宗教观》，这篇文章在我来香港以后，被"道风山基督教研究中心"发表在他们的网站上，这篇文章也被很多基督教的网站转载，他们都不知道我并不是一个基督教徒。

　　许：这是否跟你所受的教育有关？

　　廖：其实我的情况跟教育倒是没有关系的。原来在内地的教育底下，我反而挺像有宗教信仰的人。我中学的时候就把《圣经》读了，也看过很多跟宗教有关的书，比如说伊斯兰教的。当时对宗教很感兴趣，基督教看得最多。但是为什么我最终没有宗教信仰呢？这是由于

我后来的一个认识的转变——我慢慢变成一个无政府主义者。一个无政府主义者,连政府都不信,更何况"神"?但是,同时你又可以说我是一个很有信仰的人,我除了不信天堂,不信一个具体的"神"以外,我信很多东西,人类的很多价值我相信。

其实从对基督教的同情,转向对新左派、对无政府主义的同情是很自然的。因为大家有一个共同点,就是对这个世界的不平等感到不满,我就是这样。过去我也看过很多南美的"解放神学",解放神学就是这样,他们原来都是虔诚的基督徒,后来发现要用他们信奉的基督在世界上实行公益,推行到整个南美洲的话,只有一个办法,就是打游击战。所以,很多神父去参加游击队,这就是宗教和左翼的结合。我所信奉的左翼其实和梁文道是比较接近的,是跟国内的这种新、旧左派都不太一样的,是有深刻的反思的左翼,尤其是对自身有反思。就比如说, 国内的新左派也反思很多东西:反思自由主义做错事什么的、反思一些主流的价值,但它缺乏对自身的反思。如果对自身的反思发展到一定程度,就自然会变成一个无政府主义者,无政府主义者否定了左翼的很多乌托邦的想法,反而变得更踏实。无政府主义的那种虚无和悲观,反而令他们的思想变得踏实,而不是乐观所导致的那种乌托邦。

许:你觉得我们中国人过去的信仰是什么?所谓"过去",以1949

年为界。

廖：我觉得没有太大变化。1949年对中国人的信仰来讲，只是换了一个样子而已，还是对一个能力远远超于你的人的信奉。比如说原来是对一个虚无缥缈的神，后来是对一个统治者的信奉。

许："文革"没有造成对一些民间信仰的破坏吗？

廖：原来我也曾经觉得中国人的民间信仰被破坏了，但是你看看这十年来，你会发现那种东西已经深入到最底层的人民的心中。当他们需要一根救命稻草的时候，这根救命稻草，在"文革"过去了以后，它又浮出来了。所以我觉得，"文革"破坏的信仰是"最大的信仰"，是对理想主义价值信奉的破坏，而不是对实际的宗教信仰的破坏。在"文革"过后，其实人们还残余着一些对人性的信仰；但在改革开放以后，那种下海的热潮其实是另一次对信仰的破坏。两种对信仰的破坏以后，人们的信仰就只能够保住宗教信仰了，而且是最低级、最实用的，财神、土地这一类的信仰。底层民众的思路是：哪个能救他，他就去抓哪个。

许：以前的那种对理想主义的破坏，造成现代人特别虚无，老一辈经过理想主义的人会告诉年轻人："你们搞的这些东西我们都搞过了，你们再搞，结果就是我那样，所以你们还是不要去理想主义了。"

廖：打击最大的就是"文革"，它把很多价值观都颠覆了：你诚实、你说真话，你会遭到坏的报应，这就是彻底把一个价值观（包括普通宗教里的价值观）都颠覆了。这时候你怎么办？好不容易在20世纪70年代末80年代初，那种正常的价值观又回来了，好不容易巩固了十年，一下子又被推翻了。几次三番下来，剩下来还在信仰理想主义的，或者信仰那种最朴素、最真诚价值观的人，就越来越少。大家都认为：做好事反而得了坏报，做坏事反而能赚钱升官。但是那种宗教信仰呢，它不会受这些影响，反而，你的生存境遇越糟糕就越需要，老百姓需要这种东西。

许：所以到现在，你觉得中国人还信仰什么东西？

廖：你可以通过一切手段来达到你的目的，手段不重要，目的决定论。最后，大家只根据胜利与否来评判你，这是最可怕的。

许：香港人平时的生活是怎么样的呢？他们的信仰是什么呢？

廖：香港人的信仰很朴素，跟广东、福建差不多，基本上就是"家神"的崇拜，主要拜的是祖宗；其次才会拜那些中国传统宗教里的神。可能因为广东人比较实在吧，觉得能保佑自己的，会眷顾你的，首先是你的祖先。广东的土地神挺多的，这点跟日本挺像，日本也是强调信奉你身边的神。日本有很多神，各种事物都有它自己的神，是一个原始的泛神论思想。但是，日本人同时也信奉有一个至高无上的神。

许：你在香港住了这么久，在北京也住了这么久，就你的观察，你身边的朋友，在信仰上有什么不同吗？有什么具体的表现？

廖：香港人的话，他们对待宗教信仰的态度我蛮欣赏的，他们蛮随和的，也不会说强迫哪个节日就要怎么样去做，大家比较随意。比如说像我家，我爸爸他是一个准基督徒，他会挂十字架在他的卧室，他不做礼拜，也没有受过洗礼，在信和不信之间他倾向于信，因为他也是喜欢读《圣经》的人，比较之下觉得基督教比较合他的胃口，但他也不是认为信奉了就真的会得救的那种人；我母亲是那种传统的广州妇女，每月初一、十五她会很虔诚、很准时地给家里的祖先牌位上香，但平时呢，她也不会念佛什么的。

▌北京，一个扭曲梦想的地方 ▌

许：那在北京看到的是什么样的呢？

廖：在北京看不到，看不到宗教信仰的东西。比如说，我在北京的朋友中，最早是没有一个人有宗教信仰的；但是，这几年很多人都信藏传佛教了，有的是因为流行、有的是很认真的。好多人是去了西藏以后就被感染了，而且觉得像西藏人那样有一个很虔诚的信仰，可能会活得意义大一点，就不会觉得活着是那么虚无的。但是"泛泛的信仰"是有的，我最认同的是对文学、艺术的信仰，可以"为之献出生命"的那种信仰，就是"为了文学我可以去舍弃别的东西"，这样的人在北京其实也有不少。他们绝对是有信仰的，他们能够抵得住别的东西的诱惑。

许：如此说来北京还是可以的。

廖：在北京还好一些，我觉得中国现在最堕落的是那些二线城市、一些省会城市，最可怕。比二线城市再小一点呢，反而又会碰到有一些很坚持自己信仰的人，虽然他们有很多很"傻"的地方，很多盲点，但是你不能否认他们那种虔诚，很令人感动。比如说，前两年顾长卫那部电影《立春》，讲的就是小镇青年对艺术的信仰，虽然他们很傻很盲目，对艺术的创意也不多，但你不能否定，他们对艺术的信仰、那种纯粹，跟一个大艺术家对艺术的信仰是别无二致的。

许：有很多人觉得香港是一个信仰多元的地方，你觉得这个信仰多元具体表现在什么地方？

廖：香港的外地佣工当中：菲律宾人是信天主教的，印尼人是信伊斯兰教的，尼泊尔人是信佛教的，但他们和平共处。而且，我听过不少故事，比如说一个巴基斯坦人跟一个菲律宾女佣恋爱啊，或者说一个印尼女佣和一个尼泊尔男的结婚啊……非常有意思。但是，当然在汉族人来说，就没有刻意强调这个差异，也没有刻意强调融合。还有比如说，香港有一个很特殊的东西，香港的教会啊，有时候可以变成一个社交场所，很多人都是通过教会去认识自己的另一半的。如果你是一个教徒的话，你在教会里认识一个人，你会觉得他比没信仰的人更可信一点；另外，在教会里也有一种无形的制约，因为你毕竟是在一个这么神圣的场所认识的，大家对爱情会更尊重一点吧。所以，很多老老实实的香港人，会选择在教会认识自己未来的配偶。

许：你在与陈冠中、颜峻合写的《波西米亚中国》里，写一个叫朝伟的香港朋友的故事。他是怎么去北京的，他去北京是为了什么，为了追随艺术信仰吗？

廖：对，他是被我"骗"去的，绝对是为了追随艺术信仰。他是一个画家，也不是名人。我去了北京大半年以后呢，他也来了。当时在北京有一个前卫艺术的进修班，是一个北京艺术家开的，他报了名；反正我在北京租了房子，他就来蹭我房子住，无所谓的，于是他就来了。他来读完这个班以后想留在北京，结果有点惨，他只能去做平面设计；因为在北京，你要做一个艺术家难度是很大的，太多人竞争了，尤其是你不懂得那些社交啊、潜规则啊的时候，你光凭自己的作品，很难冒出来。所以，慢慢地他就变成了一个平面设计师，在北京做广告公司。我很痛心，我想，既然这样的话，那又何必来北京呢？可能在香港做同样的事，能赚更多钱——这就是北京的吊诡之处。很多人抱着梦想来北京，最后北京把你的梦想扭曲了。你清醒也好，不清醒也好，你慢慢也就接受了这个现实，就是你只能按照北京的规则生存下去。我之所以离开北京，也是想避开这一点。因为我要继续在北京待下去，我也要无形中被很多明规则、潜规则影响；反而回了香港，很多东西会明了很多。

我回来以后，朝伟还在北京待了一年，然后也回来香港。他回来香港以后，命运很捉弄他，他又认识了一个北京的朋友，于是他又要不断地去北京，现在他又去北京长住了。但他有一点很好，他是一个很闲云野鹤的人，穷也能生存，富也能生存，贫富都不能改变他。他回香港的时候，在一个广告公司做过艺术总监，也算是工资蛮高的。但后来做得不爽，又辞掉了。辞掉了以后他就一直做零活，每个月收入几千块钱，勉强过着日子，他也觉得很快乐。他倒是在这一点上，变得很有波西米亚精神了。

许：他一开始去北京的时候会兴奋吗？会带着很多梦想吗？

廖：当然了。我觉得香港人到北京都会兴奋，尤其香港的艺术家、文化人。因为在那里，你会觉得一切是那么丰富，一切都有可能性；并且，大家至少表面上会对你比较尊重，因为你是艺术家，虽然在北京很多艺术家也很穷，但是大家对艺术的态度还是更好奇一些。在香港，所有人对艺术家都是不闻不问，也不笑话你，也不赞美你，最惨的是，没有人愿意去理解你；然而在北京，有一些人会尝试着去理解你。

作为"无神论者"的信仰

许：中国的传统教育是告诉人们"举头三尺有神明"的，讲"有所畏惧，免遭天谴"的。说到"遭天谴"，我突然想起，前不久广东肇庆出了个政府文件，说要把关公像从室外搬到室内，并警告执行者"逾期必遭天谴人责"。在中国，从小学开始就一直接受"无神论"的教育，突然听到一句"必遭天谴人责"，觉得实在可笑。

廖：我觉得那篇公文写得很好啊，写得有节有度，有古文的造诣在里面，又有写出愤怒来，其实它说的是对的，反映了一种权贵对宗教的利用。这本身是一次很绝望的行动，因为那个受他恐吓的人，绝对不会当真，他绝对不会觉得自己就会"遭天谴"；所以我说，写这篇公文的人还挺"可爱"的。

许：内地人从小就被教育要做"无神论者"，所以很难对"神"建立崇拜或信仰。但是呢，人没有信仰的话，心里又会缺失，于是往往就会找一些替代品。这个替代品，这两年我发现就是一些"拜×教"开始出来了。

廖：出来很多"半仙"，没有真的神仙的时候，就会出来很多半仙，像是张悟本、李一。这跟物质享受达到了极致、泛滥都有关系，然后人就害怕失去这一切。最直接的令你失去这一切的就是生命的完结，于是大家就"惜命"，很重视自己的生命。当这个社会的既得利益者越来越多的时候，一点点小小的既得利益你都不舍得失去，那你就会去信奉这些能帮你"保住现在"的人。因此，往往这些"半仙"的信徒，很多都是很有钱的人，有钱有权的人，因为他们怕失去他们现在所有的一切。

许：香港的"风水"和"养生"也挺兴盛的。

廖：风水很兴盛，养生不太兴盛。相对而言，香港人还是比较理性，见的世面广，社会透明度大——你在香港要骗人是很难的，一个骗子很快就会曝光在传媒镜头下面。社会透明度大了，就避免了很多东西向着不可收拾的方向发展，很多坏东西会出现，但是可能在源头上就被掐住了。我觉得内地人有时候是一种集体无意识，内地人本来就很"跟风"，以集体的名义做傻事。看大家都这么做肯定没错，我也这么做就行，觉得就算错了，就算吃亏，有这么多人跟我一起吃亏，也不觉得自己特别倒霉。

许：就像"吃绿豆"这件事——香港就从来没有出现过这种情况吗？

廖：好像真没出现过。

许：你觉得如果李一出现在香港，会是什么光景？

廖：看他做得怎么样，如果他包装得很好，他还是能够保住一批"信徒"的，尤其香港现在有很多从内地来的有钱人，本身文化水平不高，但是又有钱，这些人最容易信。

许：这几年中国基督教徒人数激增，我发现有很多学者，他们也很信基督教，甚至在提倡信基督教。他们甚至有一种说法，说"基督教可以救中国"，这怎么理解呢？

廖：我有一些朋友他们也是，都是些很优秀的人。"基督教可以救中国"我是不信的，但是他们的信仰我是理解的。在这种"礼崩乐坏"的时代，他们需要一个东西来对抗巨大的虚无主义。并且基督教有一套现成的话语，这套话语稍微一改变，就很可以变成对抗现在中国的虚无和堕落最好用的一套话语。从这个角度来讲，我支持他们宣扬基督教义，去拉拢更多的人信基督教——总比去信那些赤裸裸的钱和权要好得多。

　　基督教有很重要的一点是强调牺牲精神，中国现在是没有牺牲精神的，大家都不愿意牺牲自己丁点小的利益，都害怕吃亏。包括藏传佛教也是强调牺牲精神的，所以也有很多知识分子会信。而且，基督教和藏传佛教相对于大众的佛教和一些民间信仰来说，它的哲学深度还是大得多。它的哲学深度一大起来之后，其"可解释面"也广起来，能够套到中国的很多问题上去使用。我自己也接触过底层的基督教。我去山西采访，比如说在一个煤矿里，工人们自己盖了一个教堂，政府拆了三次，拆完又盖、拆完又盖，聚满了人。为什么他们这么"顽固"？因为对他们来说，教堂是他们可以接触哲学、诗歌、音乐唯一的地方，甚至神父会帮他们治一点小病。这些东西是一个正常社会应该提供的，但是现在这个社会提供不了，就只能通过宗教去得到。

　　许：我听到一种逻辑说，西方从集权社会走向公民社会再走向民主社会，都有一个基督教文化做背景；因此，有的人会认为普及基督教有助于中国走向公民社会。你怎么看？

　　廖：这个我认为不是一个必然的推理。比如日本，它就没有经过基督教啊，但没有阻碍它走向公民社会。香港也是，虽算不上民主社会，但是一个公民社会。而且在香港，虽然很多人读基督教学校出身，或者说很多人会去教会，但你要说他们是不是那种虔诚的信徒呢，大多数绝对不是，这个是"无可依赖中的依赖"而已。如果能有别的东西，比如说健全的法制，或者一种普及的民主意识，这比依赖基督教要实在很多。

【采访时间】2010年10月21日

【采访地点】香港东涌廖伟棠寓所

梁文道：

我宁愿没有粉丝

梁文道，出家人，媒体人，评论家，江湖名曰"道长"。1970 年生于香港，少年长于台湾，毕业于香港中文大学哲学系。1988 年开始撰写艺术、文化及时事评论，并参与各种类型的文化及社会活动，曾为多个文化艺术机构及非政府组织担任董事、主席或顾问之职，现为凤凰卫视读书节目"开卷八分钟"主持人，清谈节目"锵锵三人行"主要嘉宾；为中国内地、香港地区及马来西亚多家报纸杂志撰写专栏。已在香港出版《弱水三千》、《味觉现象学》、《读者》等书，在内地出版《常识》、《噪音太多》、《我执》、《读者》等书。

我们今天的中国，如果用一个关键词概括，就是："热"。不只是世界上有中国热，而且社会上这几年一直有"热"的气氛。

这个"热"会发生在我们日常的字眼中，比方说"热议"什么、某个现象很"热"……这种"热"蔓延到了我们思考问题的模式上，我们在谈很多事情的时候也是很"火热"的，我们在头脑发"热"地谈一些东西，但事实上我们更需要冷却一些，淡定一点。

冷却下来去看到底我们面对的这个世界是个怎样的世界，我们要慢一点、不要太快、不要太热、要降温、要减速。我们需要对我们遭遇的各种言论、各种话题、各种现象保持一定距离，缓慢下来去看，不要急于做任何的反应和判断。

例如，什么叫粉丝，什么叫偶像，我们不要急着去判断是好是坏，不要急着去说什么是正面影响、什么是负面影响。在搞清楚什么叫"正面"、"负面"之前，不妨先研究它是什么东西、它影响了什么；然后，你才能说什么是"正面"的、"负面"的，而且你还要思考，你所谓"正面"是什么意思，"负面"又是什么意思；最后，才能加以判断。

所以，我希望我们大家都能更淡定一点去看这个世界，去经历今天这个社会。

——梁文道

梁文道的淡定

2010年，台湾作家张嫱博士在内地出版了一本名叫《粉丝力量大》的书。书中有一段引自李宇春粉丝的"一天之记录"的话：

> 早上伴随着 *Happy Wake Up* 的闹钟铃声起床，先打开小葱(李宇春)代言的夏新手机，看看每天都更换的小葱的待机图，然后用小葱代言的佳洁士刷牙，到了单位先冲桌子上的小葱说声"早上好"，然后用上面印着小葱的杯子喝水，工作用的电脑则是小葱做代言人的神舟，晚上睡觉前，对着小葱的海报说一声"晚安"，进入梦乡继续与小葱会面。

要不是在《粉丝力量大》中读到这段话，我真不敢相信世界上有人竟是这样生活的——而且很可能日日皆是如此！作为文化学意义上的"粉丝"的概念，写这段文字的人，是典型的最低层次的粉丝——只知崇拜和消费的那种。

今时今日，没有任何人能够逃脱"粉丝"二字的"魔爪"。

即便你不是任何人的粉丝，身边也势必会充斥着各种与"粉丝"或"崇拜"相关的人和物。譬如近年被疯狂追捧、恨不得将其奉入神龛的 iPhone 手机："轻度粉丝"欣赏它卓越的性能，"重度粉丝"则简直把乔布斯视为"教主"——一声令下，二话不说，三教九流，四海之内皆兄弟。

粉丝力量大。粉丝究竟有怎样的力量呢？用张嫱的话说："粉丝经济，催生多元创意社会，改变今日媒介环境景观；粉丝当道，引领消费潮流，主导创意社会。"

不过，作为"意见领袖"的梁文道，对"粉丝"却有不同的看法。

早在 2003 年，我看凤凰卫视的"锵锵三人行"节目，这个留寸头其貌不扬却谈吐出众的年轻男人，就给我留下了非常深刻的印象。一开始的时候，我出于好奇到网上去搜"梁文道"，发现还没有多少关于他的新闻或讨论；而如今，在"百度"上输入"梁文道"三个字，立刻就会跳出两百多万条相关信息。现在的"道长"（粉丝对梁文道的昵称），走到哪里都是人山人海、前呼后拥、粉丝成群，和他未出名之前的状态，还真是天壤之别。

到 2008 年的时候，我的周遭渐渐有人开始知道"梁文道"这个名字起来。不过一般人所了解的道长的身份，和我不太一样。由于内地大部分地方看不到凤凰卫视，所以他们不知道道长是凤凰卫视的主持人；很多人都是在《南方周末》上读他的专栏文章，觉得这个男人的见解很是独到。随风潜入夜，润物细无声，道长用文字，在内地培养了许多粉丝。而这个粉丝群的数量，大到令我吃惊，大到令媒体吃惊，大到令出版社吃惊，或许甚至，也大到令道长本人吃惊！

2009 年 1 月，道长在内地出版第一本书：《常识》。《常识》自 1 月推出，3 月就卖出了十万册，到 6 月，卓越网上竟然卖到断货。我没有确切的数据，但听说道长于稍后推出的《我执》一书，卖得比《常识》还要好得多。在这图书业的"寒冬期"里，这不得不算是一个奇迹了。以至于有香港媒体把这一现象命名为"梁文道现象"，我则将 2009 年称为"梁文道年"。

接下来的一年里，道长参与的各种活动也是多如牛毛，不断现身各种场合"谈书论道"。关于活动现场的盛况，马家辉曾在专栏中这样写道："梁文道前两个月在季风举办过一场签书会，出席群众太多了，从地面排队挤站到三楼，不仅占住了书店的卖书空间，更把书店地板压坏了，热烈情绪跟阿 Rain 到北京开演唱会不遑多让，粉丝秩序接近失控，把书店负责人吓怕了，担心在此流感恐慌期再聚集人潮，分分钟出事，乃亮红灯，容后再议。"马哥说的是 2009 年 3 月份在上海季风书园的签售会，那次活动我也在现场，真实情况虽不如他写的那么夸张——"把书店地板压坏了"——但人头攒动，确是蔚为壮观的，我的鞋都差点挤掉了，也差点和推撞我的人起冲突。

同年 6 月下旬，道长应邀来到杭州，在枫林晚书店做了一场演讲——就是那场被讹传为"韩寒是下一个鲁迅"的著名演讲。演讲当天，虽是晚上，但气温也有 40 摄氏度。在书店百余平米的演讲厅里，两百多号听众济济一堂，各种运动和呼吸，使气温起码又升了四五度。由于条件简陋，没有空调，听众们只能边"蒸桑拿"，边听演讲。在这样的"艰苦条件"下，粉丝们还是坚持把将近两个小时的演讲听完了。

再见到道长是半年后，厦门。那天他一下飞机，就匆匆赶到厦门"外图书城"签售。原定一小时的签售活动，又延长了足足一个小时，眼看排队者摩肩接踵、络绎不绝，最后在道长的强烈要求下，主办方才不得不强制停止，不准再加入排队。

2010 年"世界读书日"，道长又一次来到杭州。这次来是应了当地一家媒体的邀约，到下沙大学城做演讲，又遇到相同的"麻烦"——粉丝太多，签名又排长龙。由于是在大学做演讲，学生们的情绪又格外高涨，不签到名就不肯离开。

孔老夫子说："质胜文则野，文胜质则史，文质彬彬，然后君子。"道长就是那种能把"文"和"质"拿捏得特别好的人，所以才能拥有那么多的粉丝。细想一下现在的世界，要么长相出众，要么言论出格，要么举止出位，否则，真的是很难成为"偶像"的。但是，道长仅凭他的理性、礼貌，凭坚持不懈普及"常识"，就能得到这么多的拥趸，实在不得不说是个"奇迹"。

我约他做访问，他二话不说立刻答应，在百忙之中抽出时间给我。但是，在我和他对话"粉丝"这个话题的过程中，令我诧异的是，他竟然说出"如果可以选，我宁愿没有粉丝"这样的话！我知他一定没有对粉丝的恶意，所以向他请教原因。不出意料，他的回答果然很"佛教"。

道长讲话的风格，是不太喜欢跟人分享他的个人经历，喜欢就事论事，用各种比喻来把问题讲清楚。他讲话，还有一种古希腊的范儿，喜欢不断地"设问"。

最典型的"道长式"语言是这样的——"今天的中国存在一个问题。什么问题呢？就是……""这几年我发现一个现象，什么现象呢？就是……""他的说法我始终觉得有些蹊跷。什么蹊跷呢？就是……"你别小看这种讲话方式，里面可有大学问。

这种"设问"的讲话方式，是古希腊沿革下来的一种"优良传统"，在讲者提问和自我作答之间的空当，能够暗示并带领听者一起去思考这个问题。听这种讲话方式的人说话久了，你自然而然也就变得爱思考、会思考起来。

道长是佛教徒，是香港"文化教父"，是"文化百足"，是"香港中文大学有史以来读书最多的学生"。借用窦文涛在"锵锵三人行"的话来说：他自己是"浅薄"，许子东是"刻薄"，而梁文道，则是"渊博"。

▍从来没做过任何人的"粉丝"▍

许：你有没有做过别人的粉丝？

梁：从来没有。

许：可是我经常见你在节目里边会说到你对一些先贤、大师的崇拜。

梁：这不叫粉丝呀。关于粉丝的定义，最宽松的一种讲法是你喜欢某人，愿意读他的东西，你知道他的消息，我想每个人多少都经历过。但如果我们讲很"铁杆"的那种粉丝，要搜查他的各种言行，我并没有。

比如，我年轻的时候很崇拜天主教的圣方济，可问题是，我并没有到处去搜他的各种资料，我只要知道他说过什么话，看了一些简介，觉得挺佩服他的，想学习他，仅此而已。再比如，我年轻的时候喜欢胡适，我对胡适的那种喜爱也没有发展到任何胡适的传记出版我都要买一本，没有达到这种程度。从这个角度来讲，我应该没有做过任何人的粉丝。

许：但是你在《噪音太多》里边说你看到过一本约翰·凯奇的签名本，但你当时没有买，后来追悔莫及。那一刻的心情，也不算是粉丝吗？

梁：那不一样，我当时的心情是因为那本书珍贵。比如说，现在有很多藏书的人，我也是收藏书的人。你做收藏者的时候，你看到一本书，哪怕你没读过那位作家的书，但你知道他是著名的作家，就会想买。举个例子，假设今天有一个人不太懂英文，但被他发现一本书上有莎士比亚的签名，很便宜，他可以买的时候却没有买，那后来他也会后悔吧？这不叫对那本书的崇拜，或者说，只是一时半会儿的崇拜。

许：那么，粉丝是一个褒义词，还是贬义词？

梁：这是客观的形容，我不觉得有什么褒贬。除非你是狂热的粉丝，才是贬义的。比如说，痴迷追求刘德华的杨丽娟，一般人是不会这样极端的。

┃ "粉丝"是个什么玩意儿？ ┃

许：这就涉及一个粉丝怎么定义的问题，他一定是要过度崇拜，对吗？

梁：也不能轻易下结论，因为所谓的"度"很难定，很难确定什么叫"过度"、"不过度"。我觉得应该这么讲，从我的角度来看，粉丝的意思，指的是你首先要有一个偶像，那偶像跟你的关系，你觉得应该是一种比较亲密的关系。这个亲密的关系并不是说你真的跟他很熟，而是说你把他——哪怕他不认识你——当成对你而言特别重要的一个人，而且这种重要还不只是一种知性上的，更是一种感性上的，你觉得跟他很亲切。你会对他有某种的投射，你会跟着渴望知道他的更多信息，然后你会因为他产生某些喜怒，或者对其他人产生喜怒。比如说，人家攻击你的偶像，你会愤怒，人家称赞你的偶像，你会觉得这个人跟你挺好，像这种情况下，我觉得这种人就叫做粉丝。

学术界关于粉丝最早的定义，来自美国学者约翰·菲斯克，他是力挺粉丝文化的。他有一个很著名的例子来形容粉丝的"创造力"：很多人都买不起为自己量身定做的牛仔裤，只能买流水线上生产出来的千篇一律的牛仔裤，但是买回去之后，消费者自己在牛仔裤上边剪个洞呀，或者搞些花纹呀，他发挥他用自己的"创造力"，可以把这件流水线上的牛仔裤变成一件世界上独一无二的牛仔裤。

这是关于粉丝最早的定义。可是我并不是完全认同约翰·费斯克的这个说法。没错,粉丝文化并没有大家想的那么负面,他其实可以有创造力,有时候是对制度、体制,甚至是资本主义的一种反叛或批判,是有人这么说过。可问题是,我觉得这个说法,只能够说明粉丝文化的其中一面,它其实是有很多面,我不觉得任何一面是能够概括全体的。它相当复杂,你必须把它具体到每一个不同的脉络,不同的社会、时期、阶段来讲。粉丝文化有时候可以很有创造力,可以很颠覆、很有趣。但是有时候,你也会觉得他会不会只是巩固了一些原有的东西呢?它有时候可以变得非常保守。比如说,对政治人物的崇拜,那难道不也是一种"粉丝文化"吗?你从这个角度去看粉丝的话,以前那些在天安门广场上面对着毛主席把像章扎进肉里的人, 那种人叫不叫粉丝呢? 那不是最厉害的粉丝么? 那个年代,中国人有一半都是毛主席的粉丝吧。

许：把牛仔裤进行改造的这种行为,是不是有点像"山寨"的概念?

梁：有点像。但是问题是,我一直不是很喜欢约翰·费斯克的这种说法。原因在于,你接下去问他一句,即便消费者可以把牛仔裤加以改造,然后呢,然后怎样呢?好吧,你买回牛仔裤,你剪个洞,你说你很有创意,你"创造"了一些文化,但这有意义吗?你改变了什么吗?你动摇了什么东西吗？没有。你根本地改变了什么吗？也没有。所以那又怎么样呢，意义在哪里？顶多顶多，只可以说是"弱者的反抗"。弱者的反抗就是说，他没有什么别的权利的时候，这是他唯一能做的事情。

举例来说，历史上第一次所谓"粉丝的反抗"是20世纪60年代的时候，电视剧《星际迷航》要停播。那帮粉丝就联名给电视台写信抗议，逼迫电视台又增播了一季《星际迷航》。他们觉得这叫"反抗"。请问这叫"反抗"吗？"反抗"什么？约翰·费斯克最早讲的"反抗"，是对整个资本主义制度的反抗，但是这些事件根本没有反抗到什么呀，只是告诉这个市场，我们还有很多人要继续看这个节目。他们既没有反省这个生产机制本身，也没有去反抗当年左翼批评家所讲的"大众文化工业"——他们甚至是在"大众文化工业"的里边，用行动去要求积极地生产某些产品，这叫"反抗"吗？

许：前不久的"粤语保卫战"算不算"粉丝的反抗"呢？

梁：这跟粉丝不一样。你若把说粤语的人都叫做"粤语的粉丝"，概念扩成这么大，那什么都叫粉丝了。当然其中有的人不是广东人，也不说粤语，他们也加入到这个运动当中，但他们支持的不是"粤语"，而是"保卫粤语"这个理念。如果这么讲的话，香港支持天星码头的人，能不能叫做粉丝呢？当年支持共产革命的人，也叫粉丝吗？如果真这么讲的话，那什么都叫粉丝了，粉丝就变成没有意义的说法了。

你要是非逼我给"粉丝"下定义，我只能说："我不知道。"但是我知道，粉丝应该是有限定的，它不可能扩大到什么都包括。任何一个人，他相信一个信念，为这个信念付出行动都叫粉丝的话，那请问还有什么人不是粉丝呢？

许：那我们应该怎样主动地去挑选我们的偶像呢？

梁：我不会用主动或被动来形容这样的关系，因为这跟主动被动无关，个人的判断力，多于主动被动。

"崇拜"这种感情是怎么发生的？粉丝跟一个偶像之间的关系是怎么产生的？大部分我看过的研究告诉我们，没有什么人会说："哎呀，我好像没有偶像，我得选一个。"没有人是这样子开始崇拜偶像的。偶像的出现就像你遭遇情人一样，是邂逅，而不是选择。你之所以喜欢一个人，或者喜欢一个偶像，往往不是选择。偶像和粉丝不是"征婚""征"回来的，是在一刹那，你觉得这个人击中了你某些"点"，让你觉得你很被他吸引，你很崇拜他，你想跟他发生密切的关系，你想关注他，他对你来讲在生命中有某些重要的意义。

除非在非常特殊的情况下，比如"超级女声"投票，逼着你要选李宇春还是周笔畅，因为那是一个游戏上的选择。就等于你玩象棋选哪一边，这跟崇拜又是两码事。就是说，在"超级女声"投票时，投票者不一定都是粉丝，他可能只是游戏的参与者，他今天必须要选择投给

谁，并不意味着投给谁就是谁的粉丝。

┃关于"粉丝经济"┃

许：那什么叫"粉丝经济"呢？

梁："粉丝经济"是相当限定的，它指的是说，有这么一个人，他成为了其他人的偶像，然后他的那些崇拜者们，他的粉丝们的一些消费行为、一些经济行为，能够产生一些经济效应，这个经济效应是跟他们崇拜的对象相关的。"粉丝"必须和"经济"搭档，才能叫做"粉丝经济"，如果不产生消费行为，只是在心里喜欢，这样就不算。

许：我们看到，山寨的商品有时候也能满足粉丝的一些欲望，比如说山寨的iPhone，拥有它的人也觉得不错。这种从山寨商品身上得到满足感的粉丝是什么心理？

梁：我觉得这样的人不一定能称得上是粉丝吧？真的是iPhone的粉丝，会不计代价地去买iPhone，当然，有一些iPhone的粉丝买不起或买不到，他会买山寨产品，但是问题是大部分买山寨iPhone产品的人未必因此就是iPhone的粉丝。他有可能觉得iPhone是很好用的一个东西，而不是对它产生一种狂热的崇拜。

粉丝崇拜偶像都是对某种东西有一种执念的，但买山寨iPhone

的人不一定对iPhone有执念。就比如你买翻版碟，并不一定表示你对"碟"有执念，你可能只是因为买不起正版碟，这可以是很理性而冷酷的经济计算。买山寨iPhone的人也可以是一样的道理，他喜欢iPhone的一些功能，他不崇拜iPhone这个品牌，他也不崇拜史蒂夫·乔布斯这个人，他只是喜欢它的一些功能，喜欢它的一些潮流，然后他想要用一个他觉得"合理"的价钱去买到这些功能和潮流，山寨机正好符合他的要求，如此而已。

所以，"山寨经济"和"粉丝经济"其实是两个不同的领域，但是呢，又会有一些交集的地方，"山寨经济"其实是一个对现有市场的某些产品的模仿，然后提供一个廉价的代用品，甚至是"更好"的代用品。它非常便利，非常划算。对很多人来讲，山寨产品或许还是一个不可或缺的东西，因为当地经济生活水平可能还不足以使他们用上正牌的产品，或原装的产品。这样的消费行为不一定跟"粉丝经济"有关，它真正跟"粉丝经济"有关的时候，只是当那些粉丝去买正牌的商品，而且是出于对偶像的执念的时候。

"如果可以选，我宁愿没有粉丝"

许：你觉不觉得你是一个粉丝经济的受益者？

梁：是啊，因为有粉丝才有我的书嘛，有粉丝去看我的节目、去参加我的活动,让我在这个过程中赚到钱了。但是我并不因此就感激粉丝,如果可以选,我宁愿没有。为什么呢?我觉得回到原点讲,粉丝之所以会崇拜一个偶像,他之所以会发生之前我说过的关系,是因为他觉得这个人在某一方面击中了他,就像爱上一个人一样。但是,这跟你在真实生活中爱上一个人是有巨大差别的。

首先,我们讲相同的地方。相同的地方在于人之所以欲望一个人、欲望某件事情,这个欲望通常表明它在某地方的欠缺。比方说,他盼望自己会向什么方向发展,缺了某个东西,想在某人身上获得。我们有千奇百怪的理由去欲望某个事情,跟它发生关系,也许是友谊、也许是爱情,或者别的其他种类的东西。

其次讲差别的地方。粉丝跟偶像的关系跟刚才我讲的不一样,同样作为欲望的对象,偶像是通过大量的媒体呈现出来的,而不是一个面对面的认识。在这个时候,其实粉丝有太多的投射,这些投射并不一定跟那个真实的"偶像"是相符的。因为那个"偶像"真实是个什么样的人,跟他在媒体上出来的也许是非常不同的。对不对?所以这里边有太多的"虚妄的投射",接下来,这些投射还会有"再生产"的情况。

什么叫再生产呢?再生产的意思指的是,比如说你今天爱上一个人,你崇拜一个人,你会对他的言行有很多自己的诠释,而这些诠释其实是一种生产——为什么他今天会说这番话?为什么这女孩会用这种眼神看我？她肯定别有用心，她肯定有什么特别的意思。也许人家只是一个简单的意外的微笑，但你会觉得它特别充实、特别丰满，对你来讲别具意义，然后你就生产很多东西。

日常生活中你爱上一个人，也许也会有这种再生产，但这个再生产不是那么自由的。为什么？因为这个被你爱的人是在你日常生活中出现的人，她可以否定掉你之前的投射跟再生产，她可以让你了解你之前想太多了，你误会了。但是问题是，一个粉丝对于偶像的这种投射跟再生产，是这个偶像本人很难亲身告诉粉丝真实情况的，他很难亲身来否定，或者逼迫你用别的方法来诠释它。崇拜完全是粉丝的"自我幻想"和自我幻想的"循环生产"。所以说，这是一种单纯的执著，这个执著是建立在一个幻想的基础上。作为一个佛教徒，对我来讲，所有的执著跟幻想都是不太好的。更不要提，有时候这种执著跟幻想会对被崇拜的人造成一些负担跟压力。

比如说对我来讲，我觉得别人骂我也好，喜欢我也好，我常常会觉得有疏离感，好像跟我不是很有关系。骂我还好一点，我反而觉得比较感兴趣；对于喜欢我的人，我会觉得他讲的其实是他自己的想法，是在满足他自己的需要，他对我的看法是多于我想看的，跟我无关。但是虽然是跟我无关，人家会觉得它跟我有关，它就好像有了自己的生命一样延续下去了。所以虽然我因为粉丝经济受益，但同时这种粉丝的投射也对我造成了破坏或者压力。

许：如你之前所说，很多偶像都是被媒体塑造出来的，那媒体是不是需要负很大的责任？

梁：媒体的责任是什么意思呢？道德责任吗？它为什么要有道德责任？如果粉丝跟偶像不是一个道德问题的话，没有正面负面、好坏之分的话，它就没必要有道德责任感，虽然偶像的形象确实是媒体塑造的。这就等于，我们不会说车子能够发动就是轮子的责任。车子能走，是轮子起到的作用不假，但是你不会说这叫轮子的道德责任，它这是客观的机制，那不叫责任。媒体的机制就是如此，它的责任不在于考虑偶像会对粉丝造成什么影响，它的责任在于它在制造偶像过程中的细节问题。

什么细节问题呢？那就要回到媒体的专业伦理上。所谓媒体的专业伦理就是说，媒体在报道一个人的消息的时候，有没有尽力去确实报道的消息，有没有力求全面，就这么简单。但是有时候，媒体并没有去做这些事情，他们可能是只报道了一个人的好消息或坏消息，可能没有去确证，也没有力求客观，这种情况下就有问题了。但这个问题就跟我们刚才讲的粉丝与偶像的关系无关，它是媒体本身的专业伦理问题。崇拜一个偶像，跟把这个偶像呈现出来的载体要区分来看。好比我喜欢喝这杯咖啡，我干嘛要去关心帮我端咖啡出来的那个人是好人还是坏人呢，对不对？我喝这杯咖啡就行了。

| 粉丝无好坏 |

许：什么类型的粉丝比较能对社会有正面的影响，韩寒的粉丝吗？

梁：这只能从具体的时空来讲。韩寒的粉丝也许会在某一个时空条件下会有正面的影响，但不一定永远都是。我打个简单的比方，假如今天韩寒提出了一个对某个社会现象的挑战、质问，而这个社会现象真的是很不公平、很成问题的，他的粉丝们也纷纷支持他们的偶像，也提出了类似的挑战、质问，假如是这样的情况，你当然可以说是正面的了；但是也许不晓得哪一天，韩寒突然又提出了另一个观点，而那个观点事实上是很负面的一个东西，他的粉丝也去支持，因为他的粉丝在那一个刹那，考虑的并不是正面还是负面，考虑的只是支持我的偶像，你说在这个情况下，它还是正面的吗？那就不一定了。

因此我说，粉丝本身并不存在好或坏，它是看处境而定的。你说粉丝盲从也好，无知也罢，这就相当于你的好朋友、你爱的人、你的家人可能做错了一件事，你还会支持他吗？答案是肯定的。很多粉丝就是把他的偶像当成他爱的人、家人。对家人的爱是对是错，子为父隐父为子隐有没有错，很不好说。所以，不能简单粗暴地说正面或负面。

我们有时候也把偶像的效应过于放大了。比方说，是不是只要是家人做的事，我们都会百分百无条件支持呢？我觉得这倒也未必，我们不要把粉丝都想象成铁板一块。就像我刚才讲的，你家人做的事，你也不一定会完全支持，都是每一个具体情况下的计算与考虑，对不对？所以不能以为一个偶像任何时候都能转移他的粉丝到其他领域去。

历史上有太多的经验告诉我们，有时候粉丝和偶像之间的关系是相当局限的。比如说，香港过去有些明星，他粉丝相当多，粉丝喜欢看他演戏，听他唱歌，也去买很多有关他的产品，去搜集很多关于他的材料，也很狂热；但是突然那些明星要出来竞选议员了，他的粉丝也不一定投票给他。为什么？因为那是到了不同的领域，到了不同的领域之后，他的粉丝也许考虑的是别的事情。

许：我看过你一段视频，跟观众说不要看太多电视，看太多电视人会变傻。但很奇怪的，你越是这么说，人家越爱看你主持的电视节目。就像韩寒一样，他有时候讲的一些话，是带着一种嘲讽粉丝的意味的，但是他越是这样说，粉丝反而越爱他，这是为什么？

梁：我觉得这是粉丝自己产生的一种"差异认别的需要"，跟我或韩寒本身关系不大。什么叫差异认别的需要呢？偶像跟粉丝之间的关系，有些学者认为像一种宗教的代替。我们今天这个世界，是一个"解魅"的世界，去魔化的世界，没有什么东西再有魔力了，包括神在内。现在是世俗化的，充满理性的世界，在这个世界底下，有一些位置空了出来。那么，这个空出来的位置由谁去补上呢？资本主义就为我们制造了许多偶像。

我们对偶像的崇拜有时候是来自心理的需求。比方说，我们过去可能崇拜某个图腾，图腾对于一个图腾的崇拜群体来讲，它就像一面标志，作用是区别开了你跟其他群体。现在图腾的时代过去了，取而代之的就是偶像。对于粉丝来讲，他崇拜偶像，这个偶像对他来讲也有个区别的作用。例如，所有人都说："我崇拜郭敬明。"忽然有一个人说："我觉得郭敬明太俗，我崇拜韩寒。"你会问："韩寒跟郭敬明有什么区别呢？"他说："你看郭敬明，像哈巴狗一样去讨好自己的粉丝，韩寒就不会这样。"所以他会把韩寒对粉丝的那种嘲讽，当成了一个足以区别他这个粉丝群体的一个身份的标志。粉丝崇拜一个偶像，与其说偶像是一个什么样的人，倒不如说粉丝是一个什么样的人。一个人去崇拜一个偶像，其实是在利用这个偶像的一些形象，来告诉别人"我是什么样的人"。按照法国社会学大师布尔迪厄的说法，这代表了某种品味的选择。品味就是人赖以区分自己，并且试图在象征性领域战胜其他人的东西。

文学界常常会出现一个情况。我举个例子，像雷蒙德·卡佛。一开始没怎么注意他，慢慢出现一小帮人喜欢他，说他好，后来广泛了，普及了，越来越多的人崇拜他、说他好，这时候就会出现另一批人说："卡佛哪里好呀？"然后转而崇拜一个大家还不认识或者罕为人知的作家。他们可能会说："你们都喜欢卡佛，太俗了，我喜欢的人他才叫真牛啊，他的文学作品才叫有深度啊！"有时候这种你喜欢谁叫俗，我喜欢谁叫雅的讲法，与其说表达的是真正地对那个作家的作品的判断，倒不如说其实是利用作家来区分你跟别人。你喜欢的一个很冷门的作家，他难道就真的比那些很大众的作家——比如昆德拉——更好吗？未必。

许：许知远说崇拜韩寒的人是"庸众的胜利"，是不是指大部分崇拜者缺乏独立思考？

梁：我觉得问题没有这么简单。所谓独立思考，并不是有或没有的问题，而是你运不运用的问题。其实每个人都有独立思考，只不过你的独立思考有时候没用起来。比方说，正常情况下你知道一个人杀人是不对的，但是今天你的偶像杀人了，这个时候你觉得他杀人都可以原谅。这种时候你不叫没有独立思考，只是这个状况下你没有运用独立思考。

我想说的是，许知远的那篇文章太简单化了，韩寒的粉丝群体是不是都是"庸众"呢？在我看来不是的，因为所谓的他的粉丝群体不一定是许知远所想象的那么狂热，他们很多人可能只是一个普通的读者，对这些读者来讲，韩寒的文章写得很好，他们很喜欢他。我喜欢韩寒，并不是说他写了以后，我就不用再思考。而很可能是韩寒写出了我没有想到的东西，因此我认同。就比如我读海德格尔，我觉得他写得真好，我很佩服他，这时候能不能说我是一个没有独立思考的人呢？不是的。

许：许知远说，对韩寒的崇拜是整个社会拒绝付出代价的表现，你怎么看？

梁：的确会有这种状况，这也是我常常批评的，等于把偶像当成一个生活的慰藉，这是所有的文化工业都会有的问题，也不是什么新提法。以前法兰克福学派的评论家就曾批评好莱坞电影，说它制造太多的幻象，让我们觉得这个世界是可以忍受的。

比如说20世纪60年代，香港流行"工厂妹"电影。为什么呢？因为当时香港是"加工重镇"，工厂很多女工，那些女工生活很苦闷，她觉得生活没什么希望，就跑去看电影。她在电影里看到一些"打工皇后"，觉得她可以跟她们一样，突然有一天，公司的"太子爷"会看上她，她从此飞上枝头变凤凰了，在看电影的一刹那，她觉得有希望了，舒服了。这样的电影其实起到了一个消极的作用，使你能够忍受本不应该忍受的状况，你本应该力求在社会上改变它的，但是你放弃这个想法了。

但有时候这种消极的作用又可以变得很吊诡。比如说你去看这么一部电影，假设有一部电影讲的不是这个"工厂妹"被"太子爷"看

上，相反的，这个"工厂妹"是起来搞革命了，带领她的同伴们去推翻这个万恶的资本主义世界。你也一样可以看得好爽，你走出电影院，你在想象中完成了一场革命，然后继续在生活里做牛做马。

我想说的是，没错，我承认，也许有人会读了韩寒的文章，就觉得已经批判了这个社会，这就相当于一种良心的消费。就像很多人看社会写实纪录片，就容易产生这种想象。日常生活中他可能什么事情都不去做，但他看了好多纪录片是讲中国的弱势群体多惨多惨，这时候他发现他旁边的人都在看冯小刚，他会觉得："你们这帮人怎么这么没良心啊！看来看去都是这种娱乐大片。我就不一样了，你看我看的全是讲建筑工人多凄惨，讲矿工的生活是多悲哀的片子，我多有良心啊！"但事实上，你可能跟那些看冯小刚电影的人一样，你也什么都没做，你没有付出过任何东西，你只是把看冯小刚电影的时间拿去看了这些纪录片。但这时候你就会觉得你自己的良心上比别人有优势，你就觉得你良心了一把，这种情况就是消费良心。这种对良心的消费，就等于我们说去看韩寒的文章，透过看他的文章你觉得你批判了一把，你也有良知了一把，你也勇敢了一把，但问题是，这情况跟韩寒本人无关。

【采访时间】2010年8月20日

【采访地点】香港富豪酒店咖啡馆

图书在版编目(CIP)数据

同胞,请淡定:我们香港的蜗居、蚁族、富二代/许骥著.
杭州:浙江大学出版社,2011.11
ISBN 978-7-308-09239-5

Ⅰ.①同… Ⅱ.①许… Ⅲ.①访问记—作品集—中
国—当代 Ⅳ.①I253

中国版本图书馆 CIP 数据核字(2011)第 216570 号

同胞,请淡定:我们香港的蜗居、蚁族、富二代
许　骥 著

策 划 者	蓝狮子财经出版中心
责任编辑	王长刚
出版发行	浙江大学出版社
	(杭州市天目山路 148 号　邮政编码 310007)
	(网址:http://www.zjupress.com)
排　　版	杭州大漠照排印刷有限公司
印　　刷	浙江印刷集团有限公司
开　　本	880mm×1230mm　1/32
印　　张	9
字　　数	167 千
版 印 次	2011 年 11 月第 1 版　2011 年 11 月第 1 次印刷
书　　号	ISBN 978-7-308-09239-5
定　　价	32.00 元

版权所有　翻印必究　印装差错　负责调换

浙江大学出版社发行部邮购电话 (0571) 88925591